작
가
의 계
절

작가의 계절

다케히사 유메지, 다자이 오사무, 아쿠타가와 류노스케, 하시모토 다카코,
도요시마 요시오, 오다 사쿠노스케, 오카모토 가노코, 하기와라 사쿠타로,
하야시 후미코, 데라다 도라히코, 와카야마 보쿠스이, 요사노 아키코,
기무라 요시코, 무라야마 가즈코, 야마모토 슈고로, 나쓰메 소세키,
미야모토 유리코, 구보타 우쓰보, 모리 오가이, 나가이 가후,
시마자키 도손, 가타야마 히로코, 미요시 다쓰지, 가네코 미스즈,
스스키다 규킨, 오가와 미메이, 하세가와 시구레, 다카무라 고타로,
호리 다쓰오, 미야자와 겐지, 기타하라 하쿠슈, 마사오카 시키,
다야마 가타이, 스기타 히사죠, 요시카와 에이지, 와쓰지 데쓰로,
이시카와 다쿠보쿠, 우에무라 쇼엔, 나카하라 쥬야 지음
안은미 엮고 옮김

1장、가을

2장. 겨울

3장、봄

4장. 여름

1장、 가을。

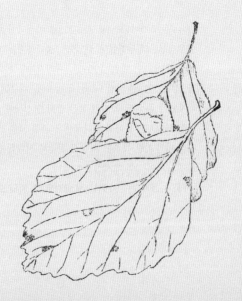

가을 눈동자

다케히사 유메지竹久夢二

1884년 오카야마현 출생. 1902년 와세다실업학교에 입학, 그림을 그려 요미우리신문에 투고했다. 1905년 『중학세계』에 투고한 삽화 「우물 안 벽」이 1등을 수상하며 데뷔, 1909년 『유메지화집 봄 편』을 출간해 일약 인기 작가가 됐다. 1913년 시집 『휴일』을 발표했으며 1914년 도쿄에 화랑을 차려 직접 디자인한 손수건, 보자기 같은 잡화를 선보여 젊은 여성들에게 호평받았다. 이후 시, 수필, 동화를 넘나들며 꾸준히 글을 쓰는 한편 서정미 넘치는 '유메지식 미인'이란 독특한 화풍을 완성해 시대를 풍미했다. 1934년 9월 1일 쉰 살에 결핵이 악화해 세상을 떠났다.

「가을 눈동자」는 1919년 4월 출간된 『노지의 오솔길』에 실린 시다.

푸른 가을 눈동자는
참으로 조용히
기쁨도 슬픔도
가만히 담고 있습니다.

초가을 마음은
건드리지 말길,
건드리지 말길
당장이라도
눈물이 흘러내립니다.

아, 가을

다자이 오사무太宰治

1909년 아오모리현 출생. 1930년 도쿄대 불문과에 입학, 공산주의 운동에
몰두하다가 작가가 되기로 결심하고 소설가 이부세 마스지 문하에 들어갔다.
1935년 『문예』에 실린 「역행」으로 문단의 총아로 떠올랐고, 복막염 치료를
받다 약물 중독에 빠지는 등 시련을 겪으면서도 1936년 첫 단편집 『만년』을
출간했다. 1939년 결혼하고 나서 안정을 찾아 많은 작품을 썼다. 1947년 전
후 일본 사회의 혼란을 반영한 『사양』으로 인기 작가가 됐지만, 1948년 5월
『인간 실격』을 완성한 뒤 6월 13일 서른아홉 살에 투신자살했다. 죽기 직전
쓰던 「굿바이」가 미완성 유작으로 남았다.
「아, 가을」은 1939년 10월 잡지 『어린 풀』에 실린 글이다.

본업이 시인쯤 되면 언제 어떤 원고를 주문받을지 모르니 늘 시 소재를 준비해둔다. '가을에 대해'라는 주문이 들어오면 "그래, 좋았어" 하며 'ㅏ' 서랍을 열고 사랑, 파랑, 빨강, 가을* 따위의 공책 가운데 '가을'을 꺼내 차분히 들춰본다.

잠자리. 투명하다.

가을이면 육체는 시들고 정신만으로 비실비실 날아다니는 잠자리의 애잔한 모습을 가리키는 말인 것 같다. 가을 햇살에 잠자리가 몸속까지 환히 비쳐 보인다.

가을은 여름이 타고 남은 것이야, 라고도 쓰여 있다. 불에 타서 검게 그을린 땅이다.

여름은 샹들리에. 가을은 등롱.
코스모스, 더없이 참혹하다.

이런 문구도 있다. 언젠가 교외에 자리한 메밀국수 가게에서 판메밀국수가 나오길 기다리면서 식탁 위 낡은 잡지를 펼

---

* 일본어로 가을은 '아키あき', 사랑은 '아이あい', 파랑은 '아오あお', 빨강은 '아카あか'로 읽는다.

쳤더니 대지진* 때 사진이 보였다. 온통 불타버린 벌판에 바둑판무늬 유카타**를 입은 여인이 진이 빠진 채 홀로 쭈그려 앉아 있었다. 나는 가슴이 타들어 가듯 그 비참한 여인을 사랑했다. 무시무시한 정욕마저 일었다. 비참과 정욕은 서로 등을 맞대고 있는 걸까. 숨이 멎을 만큼 괴로웠다. 메마른 들에 핀 코스모스를 마주쳐도 같은 고통을 느낀다. 가을날 나팔꽃도 코스모스 못지않게 한순간 숨이 막힌다.

가을은 여름과 동시에 찾아온다.

여름 안에 가을이 몰래 숨어 이미 찾아왔는데도 사람은 불볕더위에 속아 알아채지 못한다. 귀 기울여 들어보면 여름이 오자마자 벌레가 울고, 정원을 유심히 둘러보면 도라지꽃이 피어 있다. 잠자리도 원래는 여름벌레이고 감도 여름 동안에 착실히 열매를 맺는다.

가을은 교활한 악마다. 여름 사이 모든 단장을 마치고 코웃음을 치며 웅크리고 있다. 나만치 날카로운 눈을 가진 시인이라면 그 기색을 눈치챈다. 가족들이 여름을 기뻐하며

* 1923년 9월 1일 도쿄와 요코하마 일대에서 발생한 간토대지진을 가리킨다.
** 일본 전통 옷으로 홑겹이라 주로 목욕 후나 여름에 입는다.

바다에 갈까 산에 갈까 하고 신나서 떠들어대는 모습을 보면 딱하기 짝이 없다. 진즉에 가을이 여름과 함께 숨어들어 왔건만. 가을은, 여간 억척스러운 녀석이 아니다.

괴담 좋다. 안마사. 여보세요.
손짓하는 억새풀. 저 뒤편에 분명 묘지가 있습니다.
길을 물으니 여자는 벙어리가 되어버리고, 풀 마른 들판.

도무지 의미를 알 수 없는 글귀도 여럿 있다. 뭔가를 메모할 생각이었을 텐데, 나조차 적어둔 이유를 잘 모르겠다.

창밖, 마당의 검은 흙 위를 바스락바스락 기어 다니는 못생긴 가을 나비를 본다. 유난히 씩씩한 까닭에 죽지 않고 살아 있다. 결코 덧없는 몸짓은 아니다.

이 문장을 쓸 때, 너무나 괴로웠다. 언제 썼는지 또렷이 기억하지만 지금은 말할 수 없다.

버려진 바다.
가을 해수욕장에 가본 적 있나요?

물가에 찢어진 양산이 밀려오고 환락의 흔적, 버려진 붉은 초롱이며 비녀며 휴지와 레코드판 조각이며 빈 우유병이 부딪치는 바다는 불그스름한 빛으로 흐려져서는 철썩철썩 파도친다.

오가타 씨에게는 아이가 있었지.

가을이면 살갗이 말라서는, 그리워지네.

비행기는 가을이 제일 좋죠.

무슨 의미인지 잘 모르겠지만 가을날 누군가의 대화를 엿듣고 그대로 써놓은 모양이다.

예술가는 언제나 약자의 친구여야 하거늘.

가을과 전혀 관계없는 말까지 있는데, 어쩌면 '계절의 사상'이라 할 법한 문장일지도 모른다. 그 밖에도 농가, 그림책, 가을과 군대, 가을누에, 화재, 연기, 절 같은 단어가 다닥다닥 한가득 적혀 있다.

" 가을은 교활한 악마다.

여름 사이 모든 단장을 마치고

코웃음을 치며 웅크리고 있다. "

다자이 오사무

" 한바탕 불어오는

습기 머금은

바람을 느끼면서. "

피아노

아쿠타가와 류노스케 芥川龍之介

1892년 도쿄도 출생. 1913년 도쿄대 영문과에 입학, 이듬해 첫 소설 「노년」
을 발표했다. 1915년 훗날 대표작이 되는 「나생문」을 선보였지만 큰 이목을
끌지 못하다가 1916년 「코」가 나쓰메 소세키에게 극찬받으며 이름을 알렸다.
1919년 마이니치신문에 전속 작가로 입사해 창작에 전념하며 10년 남짓한
작가 생활 동안 백사십여 편의 단편을 남겼다. 초기에는 설화문학에서 취한
소재를 재해석한 작품을, 후기에는 예술지상주의를 바탕으로 한 작품을 다
수 집필하며 명성을 쌓았다. 1927년 7월 24일 서른다섯 살에 집에서 수면제
를 먹고 자살했다.
「피아노」는 1925년 5월 잡지 『신소설』에 실린 글이다.

비 내리는 어느 가을날, 누굴 좀 만나려고 요코하마의 야마테 주택가를 걷고 있었다. 주변은 대지진이 일어났을 때와 거의 달라진 것 없이 여전히 황폐했다. 그나마 조금 변화가 있다면 슬레이트 지붕과 벽돌 벽이 허물어져 켜켜이 쌓인 한쪽 구석에 우거진 명아주뿐이었다. 어느 무너진 집터에 뚜껑이 열려 활처럼 흰 피아노가 보였다. 반쯤 벽에 짓눌린 채 비에 젖어 건반이 반지르르했다. 크고 작은 갖가지 악보도 아련히 붉게 물든 명아주 사이에서 분홍, 연파랑, 연노랑 알파벳 표지를 적시고 있었다.

나는 찾아간 사람과 복잡한 이야기를 주고받았다. 쉽사리 결말이 나지 않았다. 결국 날이 저물어서야 그 집에서 나왔다. 가까운 시일 내에 다시 한번 만나 이야기를 나누자고 약속한 뒤였다.

비는 다행히 그쳤다. 달이 바람 부는 하늘에서 이따금 달빛을 내비쳤다. 기차를 놓치지 않으려고(담배를 못 피우는 국철은 타지 않는다) 되도록 빠른 걸음으로 걸었다. 돌연 누군가 피아노 치는 소리가 들려왔다. 아니 '친다'기보다는 건드리는 소리였다. 엉겁결에 발걸음을 늦추고 거칠고 쓸쓸하기 짝이 없는 주위를 두리번거렸다. 때마침 달빛이 가늘고 긴 건반을 흘끗 비췄다. 명아주 수풀에 놓인 피아노. 어디에도 사람 그림자는 없었다.

겨우 한 음이었지만 피아노 소리가 틀림없었다. 왠지 으스스해서 다시금 걸음을 재촉하려는 순간, 뒤쪽에 있던 피아노가 또 희미하게 소리를 냈다. 뒤돌아보지 않고 얼른 잰걸음을 놀렸다. 나를 떠나보내려 한바탕 불어오는 습기 머금은 바람을 느끼면서.

그 피아노 소리에 초자연적 해석을 보태기엔 난 지나치게 현실주의자였다. 정녕 사람 그림자가 없었다고 한들 허물어진 벽 근처에 고양이라도 숨어 있었을지 모른다. 만일 고양이가 아니라면…… 족제비라든가 두꺼비였다고 생각했다. 어쨌든 사람 손을 빌리지 않고 피아노가 울리다니, 이상한 일이었다.

닷새쯤 뒤 같은 용건으로 같은 곳을 지나갔다. 피아노는 변함없이 명아주 수풀 속에 살그머니 웅크리고 있었다. 분홍, 연파랑, 연노랑 악보도 요전과 다름없이 어지러이 흩어진 채였다. 다만 오늘은 피아노와 악보는 물론이고 무너져 내린 벽돌과 슬레이트가 화창한 가을 햇살에 반짝였다.

악보를 밟지 않도록 조심하며 피아노 앞으로 다가갔다. 가까이 가서 살펴보니 상아로 만든 건반은 광택을 잃었고 뚜껑은 옻칠이 군데군데 벗겨진 상태였다. 다리에는 까마귀머

루를 닮은 덩굴풀 한 줄기가 휘감겨 있었다. 어쩐지 실망스러운 기분이 들었다.

"정말 이래도 소리가 나나?"

혼자 중얼거렸다. 그와 동시에 갑자기 피아노가 희미하게 소리를 냈다. 의심하는 나를 꾸짖는 건가 싶었다. 하지만 놀라지는 않았다. 오히려 미소를 지었다. 피아노는 지금도 햇빛 아래 뽀얀 건반을 펼쳐 놓았고, 그 위에 어느새 밤 한 톨이 떨어져 뒹굴었다.

길로 되돌아가 폐허를 쭉 둘러봤다. 그제야 슬레이트 지붕에 눌린 채 비스듬히 피아노를 덮고 있는 밤나무를 알아챘다. 그건 어찌 되든 좋았다. 나는 그저 명아주 수풀 속 피아노만 유심히 바라봤다. 지난해 대지진 이후 아무도 모르는 소리를 간직해온 피아노를.

모밀잣밤나무 열매

하시모토 다카코橋本多佳子

1899년 도쿄도 출생. 미술학교를 다니다 건강 문제로 중퇴한 뒤 1917년 결혼해 후쿠오카에서 평범한 가정을 이루며 살았다. 1922년 다카하마 교시를 만난 것을 계기로 하이쿠를 짓기 시작, 1927년 하이쿠 잡지 『두견새』에 작품을 실으며 데뷔했다. 1935년 신흥 하이쿠운동을 펼치던 야마구치 세이시에게 사사하며 신선한 노래풍으로 주목받았다. 1941년 첫 하이쿠집 『바다제비』를 출간해 호평받았고, 1944년 나라로 이사한 뒤 여성의 슬픔과 불안, 자아를 섬세한 언어로 표현한 하이쿠를 다수 발표했다. 『시나노』, 『홍실』 등 작품집을 꾸준히 내다가 1963년 5월 29일 예순네 살에 세상을 떠났다.
「모밀잣밤나무 열매」는 1950년에 쓴 글이다.

외로움쟁이구나, 라는 말을 들을 때마다 달갑지 않지만 생각해보면 그런 말을 들어도 어쩔 수 없는 일이다. 친구와 만나는 동안에도 헤어지고 난 뒤의 쓸쓸함이 싫어 무심코 가지 못하게 할 방법을 열심히 궁리한다. 뭇사람 가운데 외로움을 잘 타는 사람임은 분명하니, 남들이 그렇게 느껴도 하는 수 없다.

나는 가끔 하이쿠*를 지으러 나라의 울창한 숲에 간다. 대개 혼자서 가기에 그다지 안으로 깊숙이 들어가지 않고 몇 군데 아는 가까운 곳 조용한 인적 드문 수풀과 골짜기를 찾는다. 겨울에는 나무숲과 시내, 봄에는 마취목 길과 목련이 아름다운 수풀, 여름과 가을 역시 저마다 좋아하는 곳으로 향한다.

이날도 홀로 훌쩍 집을 나섰다. 와카미야축제 다음 날이라 가스가타이신사의 넓은 참배길은 사람 하나 다니지 않았다. 어제의 쓰레기를 여인들이 치우고 있을 뿐이었다.

오른쪽으로 돌아 도부히노 잔디밭을 빠져나오니 억새풀 바다다. 보풀보풀한 이삭이 가을 햇살에 물들어 멋들어지게 반짝인다. 오늘은 연인들도 없다. 그건 좋은데 아이들이

* 하이쿠俳句 5·7·5의 17음으로 이루어진 일본 고유의 정형시.

없으니 쓸쓸하다. 시를 짓고 싶은 마음도 안 생긴다.

사슴을 놓아기르는 뜰을 가로질러 숲속으로 들어가서 여느 때처럼 단골 나무 사이에 선다. 깊은 산중에서 흘러 내려오는 시냇물을 건너면 요전 태풍에 뿌리째 뽑혀 쓰러진 커다란 삼나무와 소나무가 하나하나 번호가 매겨진 채 아직 그대로 있다. 햇빛이 내리비치는 나무 하나에 걸터앉아 잠시 쉰다. 발밑에는 메마른 풀고사리와 도톰한 푸른 이끼가 폭신폭신하고 따스하다.

그때 문득 깨달았다. 조금도 외롭지 않다는 사실을. '이 정도면 외로움쟁이는 아니지 않나?' 혼잣말로 중얼거렸다. 언제까지나 이렇게 있고 싶다. 지금 내 안은 고요로 가득 차 있다.

옆에는 곧게 뻗은 죽백나무며 삼나무의 굵은 줄기가, 머리 위로는 수풀이 우거져 멀찌가니 하늘을 느낄 뿐이다. 산비둘기가 바스락바스락 날갯소리를 내며 세차게 날아오른다. 새끼를 거느린 사슴 무리가 다가와 이끼를 뜯어 먹거나 뒷다리를 세워 잔가지를 똑 부러뜨린다. 새끼 사슴은 신나서 이리저리 뛰어다니고, 어미 사슴은 조마조마한지 곁눈으로 나를 흘끔거린다. 수사슴끼리는 걸핏하면 뿔과 뿔을 맞대고 싸움을 벌인다. 하여간 거칠기 짝이 없다. 살짝 무서워

지려는 순간, 어찌 된 일인지 사슴 한 마리가 후다닥 뛰어갔다. 곧이어 새끼도 어미도 모두 뒤따라 달려갔다.

나는 시구 몇 개를 수첩에 써넣고는 일어섰다. 이대로 집에 돌아가기 아쉬워 우연히 만난 나무 열매 따는 아이들을 따라갔다. 대나무 장대를 들고 모밀잣밤나무 수풀을 톡톡 치며 돌아다녔다. 모밀잣밤나무 열매는 얼핏 봐서는 눈에 잘 띄지 않지만, 여기다 싶은 곳을 때리면 툭툭 떨어져 땅에 부딪혀 튀어 오른다. 재미있어 보여 아이들을 도와주고 열매를 얻어먹었다. 상아처럼 끝이 뾰족하고 하얀 속살, 달콤하고 싱싱한 부드러움. 숲의 맛이었다.

조그만 자밤 눈에 띄지 않아도 치면 후드득

아이들에게 나무 열매와 더불어 하이쿠를 받고 헤어졌다.

다시 도부히노 잔디밭으로 돌아가는데 아까 지나친 억새밭에서 또 다른 아이들이 달려 나왔다. 이번에는 다들 손에 은빛 이삭이 달린 기다란 억새를 들고 있다. 개중에는 2미터 남짓한 것도 보였다. "뭐 하는 거니?"라고 묻자마자 한 아이가 널찍한 들판으로 가서 창던지기하듯 억새를 하늘 높이 쏘아 올렸다. 억새는 잘린 면이 먼저 하늘로 힘차게 나아가다가 이윽고 포물선을 그리며 저 멀리 땅에 떨어져 쏙 박혔다. 큰 아이든 작은 아이든 저마다 은빛 창던지기에 열심이다. 가까운 하늘에서 빛나는 석양 속으로 포물선이 몇 개나 날아간다. 아름다운 놀이구나, 생각하며 잠시 멈춰 서서 바라봤다.

어느덧 쌀쌀해졌다. 옷깃을 여미고 저녁 안개에 불 켜진 가로등 쪽으로 걷기 시작했다. 뭔가 가슴이 벅차오르는 기쁨을 느꼈다. 사람을 만나고 난 뒤의 쓸쓸함은 조금도 없었다. 더없이 유쾌했다. 집으로 돌아오는 길, 온통 따스한 불빛이 펼쳐져 있어서였을지도.

" 언제까지나 이렇게 있고 싶다.

지금 내 안은

고요로 가득 차 있다. "

하시모토 다카코

가을 기백

도요시마 요시오豊島与志雄

1890년 후쿠오카현 출생. 1912년 도쿄대 불문과에 입학, 1914년 아쿠타가와 류노스케, 기쿠치 간과 함께 『신사조』를 창간해 「호수와 그들」을 발표했다. 이듬해 『제국문학』에 실린 「그와 그의 숙부」로 문단에 데뷔했다. 졸업 후 몇몇 대학에서 강의를 하다가 1917년 번역한 『레 미제라블』이 베스트셀러가 되며 번역가로서 명성을 쌓았다. 1923년 중편 「해골」을 선보여 호평받았고, 호세이대학 문학부 교수로 재직하며 프랑스문학 연구를 이어갔다. 이후 소설과 수필, 희곡과 동화 등 다채로운 집필 활동을 펼치다가 1955년 6월 18일 예순다섯 살에 생을 마감했다.

「가을 기백」은 1924년 7월 출간된 『여행자의 말』에 실린 글이다.

가을 하면 사람은 곧장 단풍을 떠올린다. 하지만 단풍은 가을의 본질과 꽤 동떨어져 있다고, 나는 생각하지 않을 수 없다. 단풍나무의 붉은색부터 은행나무의 노란색에 이르기까지, 여러 가지 단풍 색채에서 직접 받는 느낌은 차분히 몰두하는 가을과 상당히 거리가 멀다. 도시에 있으면 그렇지도 않지만, 시골에 한 걸음 발을 내딛어보면 안다.

산기슭 나무숲에 든 단풍이나 논밭에 무르익은 노란 농작물이나 새빨갛게 비치는 햇빛을 저마다 그대로 뽑아내서 볼 때, 오히려 늦여름에 속해야 마땅하지 가을 영역은 아니라는 생각이 든다. 시험 삼아 집이나 방을 그 가운데 하나로 색칠한다면 마음이 영 차분해지지 않으리라. 이는 가을의 담담한 분위기와는 전혀 다르다.

단풍에 가을 감성을 입히는 건 '활력의 결여'다. 여기서 푸른 잎이 어째서 단풍이 드는지 과학적 설명을 꺼낼 생각은 없다. 그저 단풍에 활력이 없다는 점만 말하고 싶다.

이를테면 야산의 나무들이 단풍 진 채 그대로 생기 넘치게 자라는 세상을 상상해보자. 그 누구도 가을의 세계라고 말할 수 없을 터. 활력 없는 단풍이기에 가을과 어울리는 셈이다. 가을 산과 들을 뒤덮는 빨간색과 노란색은 소년의 덥수룩한 금발이 아니라 생명이 다해가는 노인의 불그레한 머리칼이다.

생활력 없는 단풍은 하룻밤 찬바람에도 떨어진다. 이 낙엽이야말로 진짜 가을의 것이다. 뜰에 뿔뿔이 흩어지는 오동나무 잎사귀 하나부터 숲속에서 흩날리는 수많은 나뭇잎 혹은 서리를 맞아 반쯤 시든 들판 풀잎까지 전부 가을 감성으로 짙게 칠해져 있다. 바삭거리는 낙엽을 밟으며 숲속 오솔길을 천천히 걸어갈 때, 사람은 마음 깊이 가을을 느낀다.

어디선가 불어오는 산들바람에 늘푸른나무의 병든 잎이나 갈잎나무의 단풍은 어떤 노력도 없이, 정말이지 저절로 나뭇가지에서 땅으로 내려앉는다. '땅의 것은 땅으로.' 대자연의 목소리가 속삭인다. 그런데 땅에 떨어진 메마른 잎은 아직 한자리에 안주하지 못하고 바람 부는 대로 정처 없이 날아간다. 그 방향을 따라 숲에서 나오면 수확을 끝낸 드넓은 논밭이 살갗을 드러낸 채 끝없이 펼쳐지고, 서리에 시든 풀숲에서는 열매 달린 잡초 줄기가 외로이 쑥쑥 자란다. 그러면 사람의 마음도 으스스한 외로움에 사로잡혀 머나먼 지평선 근처를 떠돌아다닌다. 지평선 너머에는 희미한 꿈같은 동경의 세계가 있다.

가을은 쓸쓸하다, 라는 말은 진실이다. 가을에는 모든 것이 겉껍질을, 필요 없든 필요 있든 온갖 껍질을 스스로 흔들어 떨어뜨린다. 만물이 벌거벗은 채 우뚝 선다. 가을을 쓸쓸하지 않다고 말하는 이는 옷을 벗고 알몸으로 우두커니 서 있을 때의 묘한 초라함과 의지할 데 없는 외로움에 둔감하거나 뻔뻔해 부끄러움을 모르거나 아니면 몸이 감각을 느끼지 못하는 사람임에 틀림없다.

이러한 낙엽-박탈剝脫-의 세계에 더욱 특별한 감성을 곁들이는 것은 희미하면서도 날카로운 햇빛이다. 약간 남쪽으로 기운 해와 북쪽에서 불어오는 차가운 미풍 탓에 햇빛은 약하고 흐릿하건만, 더없이 맑은 하늘과 대기를 뚫고 매우 예리하게 곧바로 내리비친다. 마치 진공 속처럼 어떤 것에도 방해받지 않은 빛이 얼마나 선명하게 양지와 그림자를 땅 위에 던지는지, 사람들은 가을을 물씬 느끼지 않고는 못 배긴다. 낙엽 위 나무 그림자, 논두렁 위 풀잎 그림자, 들판 위 새 그림자. 비좁은 도시 안에도 이끼 낀 마당 위 처마 그림자, 장지문에 비치는 나뭇가지 그림자. 이들이 밝은 양지와 뚜렷이 대비되는 모습에 이루 말할 수 없는 전율이 인다.

이 전율이야말로 가을이 지닌 본래 느낌이다. 매우 고요하고 맑은 박탈의 세계에 생생히 드리워진 명암은 단숨에 다가와 발가벗은 마음속에 또렷한 빛과 그림자를 던진다. 사람은 어느새 온 정신을 기울여 제 마음을 들여다보기 시작한다. 순수한 것, 불순한 것, 맑은 것, 탁한 것이 뚜렷하게 형태를 드러낸다. 이런 적나라한 응시는 인간의 성질상 미래로 향하지 못하고 그저 있는 그대로의 자기 자신, 과거를 짊어진 현재 모습으로만 향한다.

그렇게 자연이든 사람이든 가을 세계 전체가 벌거숭이 제 모습을 지켜보는 일에 몰두하는 사이 침묵이 이어진다. 이 침묵을 온전히 견딜 수 있고 진정으로 음미할 수 있는 사람에게만 가을은 외롭지도 쓸쓸하지도 않다. 침묵 속에는 오직 투명하고 깨끗한 명상뿐이다. 먼 지평선 너머까지 떠돌아다니던 영혼이 동경을 고스란히 품고 몸속으로 돌아온다. 그리고 굳세고 맑은 감동이 온갖 잡념을 다 날려버리고 자신의 존재감을 강조한다.

이런 의미로 가을을 찬미해야 한다. 수도원 기도를 연상시키는 상쾌한 밤하늘과 영적 연애를 연상시키는 밝은 달은 어떤 천하고 속된 감정에도 흐려지지 않고 그대로 사람 마음에 녹아든다.

가을은 응시의 계절, 몰두의 계절, 자신의 존재를 생각하는 계절이다. 가을의 진정한 기백에 닿을 때 잘못된 생존 양식-생활-은 여지없이 꺾이고 그 대신 올바른 생존 양식-생활-은 더욱 힘차고 튼튼하게 뿌리내린다. 봄부터 여름에 걸쳐 갖가지 잡초가 무성히 자라난 우리의 삶은, 가을 기백과 만나 온전히 근간을 드러내며 맑고 깨끗한 거울에 비친다. 가을에 자기 자신을 응시하며 차분한 환희를 맛본 사람은 그야말로 행복한 이다.

가을에는 갑갑한 서재 또는 후덥지근한 직장에서 벗어나 바깥 공기를 맡으며 들이나 산에서 뛰어노는 게 좋다. 그리고 땅에 드러누워 넓은 하늘 아래 대지 위 덩그러니 내던져진 고독한 자신을 끝까지 지켜보며 즐기기를 바란다. 그런데 그때 진정으로 가을을 찬미할 수 있는 사람이 과연 몇이나 되려나.

가을 달무리

오다 사쿠노스케織田作之助

1913년 오사카부 출생. 1931년 교토대 문과에 입학했지만, 시험 도중 각혈로 쓰러져 졸업하지 못했다. 1935년 요양 생활을 끝내고 희곡 집필에 몰두하다가 스탕달의 영향을 받아 소설 습작을 한 끝에 1938년 「비」를 발표해 호평받았다. 이듬해 오사카 신문사에서 기자로 일하면서 단편 「속취」를 써서 아쿠타가와상 후보에 올랐고, 이어 뒷골목 가게를 무대로 한 「부부 단팥죽」으로 인기를 얻었다. 이후 다자이 오사무, 사카구치 안고와 함께 '무뢰파'를 형성, 전후 기성 문학을 비판하는 작품을 꾸준히 선보였다. 1947년 1월 10일 결핵이 재발해 서른네 살에 생을 마감했다.

「가을 달무리」는 미발표된 글로 『오다 사쿠노스케 전집 8』에 실려 있다.

가을秋이란 글자 아래 마음心을 붙여 근심愁이라 읽은 사람이 누군지는 몰라도 용케 잘 생각해냈지 싶다. 정말로 근심 어린 사람은 계절 변화에 민감하다. 그중에서도 가을 기운이 불어오는 것을 남보다 더 절실히 느낀다. 나 또한 가을 기운을 남달리 빨리 느끼는 편이다. 근심에 젖어서는 아니고 날마다 밤을 지새워서다.

밤샘하는 버릇은 열아홉 살에 시작됐다. 이후 10년 가까이 고치지 못해 요즘은 일에 쫓길 때면 거의 하루도 거르지 않고 밤을 새우다시피 한다. 그 탓에 1년 365일 새벽이라는 새벽은 다 알고 있다고 말해도 좋을 정도다. 새벽이 아름다운 시기는 역시 가을, 특히 여름에서 가을로 넘어가는 무렵 새벽이리라.

키 176센티미터, 몸무게 49킬로그램이라는 마른 몸집 덕에 더위에 강한 나는 알몸으로 밤을 지새우는 일이 별로 없다. 아무리 더워도 유카타를 꼬박꼬박 챙겨 입고 책상 앞에 앉는다. 8월에 들어서고 얼마 지나지 않아, 새벽이면 조금 썰렁하기까지 하다. 사람들이 잠 못 이루는 여름밤 무더위를 그대로 견디며 꿈을 꿀 때, 나는 싸늘한 바람을 피부로 느낀다. 풍경 소리마저 갑자기 말갛다. 매미 소리도 어느새 들리지 않는다. 방 안을 헤매고 다니는 벌레가 여름벌레인가 싶어 부채로 때리니 움찔움찔 가련한 울음소리를 내며 숨이 끊어진다. 방울벌레인 모양이다. 8월 8일, 입추라고 적힌 달력을 볼 것도 없이 안다. 아, 벌써 가을이구나. 남보다 빠르게……

사오 년 전 8월 초, 시나노오이와케에 간 적이 있다. 오이와케는 가루이자와, 구쓰카케와 더불어 '아사마산 3대 숙소'로 불리던 역참 마을이다. 지금은 불타버린 아부라야여관은 에도시대* 역참의 본모습을 고스란히 간직해 호리 다쓰오, 무로 사이세이, 사토 하루오 외에 많은 작가가 묵으러 즐겨 찾았다. 특히 호리 다쓰오 씨는 한 해 중 절반을 영주방인지 하인방인지에서 보냈을 정도. 이즈 유가시마온천에 있는 유모토여관과 마찬가지로 작가들에게 사랑받던 여관이었다.

10시 몇 분 밤차로 우에노를 출발했다. 군마 다카사키 부근부터 잠이 들었다가 문득 서늘한 공기에 몸이 오싹해 눈을 떴다. 우스이고개로 접어드는 참이었다. 달빛 아래 자작나무 숲이 보였다. 참억새 이삭이 차창에 닿을락 말락 했다. 오이풀꽃도 피었다. 푸르스름한 달빛이 새벽녘인가 싶을 만

* 에도(현 도쿄)를 중심으로 막부가 통치하던 1603년부터 1867년까지를 말한다.

큼 환했다. 날은 밝지 않은 채였다.

이윽고 가루이자와를 거쳐 구쓰카케를 지나 오이와케에
다다랐다. 어두컴컴한 역에 내려서자 역무원이 흔들리는 석
유등 불빛이 꼬리를 끄는 것처럼 어딘지 느슨한 목소리로 역
이름을 외쳤다.

"시나노오이와케! 시나노오이와케!"

타고 온 기차를 먼저 보내고 선로를 건너서 숙소로 가는
외길을 걸었다. 아사마산이 으스스하리만치 까맣게 누워 있
었는데 순식간에 그 모습을 뚜렷이 드러냈다. 머지않아 동
이 튼다.

인적 없는 호젓한 외길을 조금 걷다 보니 금세 숲속이었
다. 앞쪽에 알전구가 걸린 자작나무가 보였다. 희미한 불빛
주위로 가을 새벽의 쓸쓸함이 달무리처럼 모여 있었다. 마
음을 저미는 먼 풍경이었다. 밤이슬 젖은 길가에는 고원의
가을꽃이 가련한 빛을 띠며 피었다. 가슴속 깊이 가을을 느
꼈다. 달력은 아직 여름이었지만…….

예전에 내게도 더없이 고독한 시기가 있었다. 어느 밤, 어
두운 길을 외로이 신발 소리 들으며 걸어가는데, 느닷없이
어둠 속에서 은목서 향기가 났다. 아무 일 없이 마음이 따
뜻해졌다. 비 갠 거리였다.

이삼일 후 금목서 나뭇가지를 하나 꺾어 아파트 방 안에 꽂아두었다. 꽃향내가 고독을 달랬다. 향이 달아날까 두려워 커튼을 쳤다. 커튼 틈으로 쌀쌀한 바람이 숨어들어 쓸쓸한 마음속으로 조용히 스며들었다. 그것이 날 슬프게 했다.

일주일 지나자 금목서 향기가 사라졌다. 노란 꽃잎이 바닥으로 똑똑 떨어졌다. 쇼팽의 전주곡 「빗방울」을 듣는 듯했다. 담배를 피우면 서늘한 공기가 연기와 함께 입속으로 들어왔다. 그것이 까닭 없이 서글펐다.

" 가을秋이란 글자 아래

마음心을 붙여

근심愁이라 읽은 사람이

누군지는 몰라도

용케 잘 생각해냈지 싶다. "

오다 사쿠노스케

가을비 추억

오카모토 가노코岡本かの子

1889년 도쿄도 출생. 어려서부터 책을 즐겨 읽으며 열여섯 살부터 잡지에 시를 투고했다. 1906년 가인 요사노 아키코를 만나 동인 '신시사'에 참여하며 잡지 『명성』, 『묘성』 등에 단가를 발표해 호평받았다. 1910년 스물한 살에 만화가 오카모토 잇페이와 결혼했지만 생활은 순탄치 않았다. 신경쇠약으로 요양하는 동안 불교에 심취, 1918년 『사랑의 번민』을 출간한 이후에는 불교 사상가로도 활동했다. 1936년 아쿠타가와 류노스케와의 만남을 그린 「두루미는 병들었다」로 소설가에 데뷔, 「모자서정」, 『생생유전』 등을 선보였다. 1939년 2월 18일 쉰 살에 뇌출혈로 생을 마감했다.
「가을비 추억」은 1929년에 쓴 글이다.

10월 초순 가랑비 오는 날에 버섯을 따러 갔다. 산속에 들어가니 송이버섯 향기가 눅눅한 산 공기에 섞여 코에 스며들었다. 가을비 내리는 산은 고요하다. 솔잎에서 빗방울이 떨어지며 잡나무 이파리를 때리는 희미한 소리가 도리어 산에 정적을 더한다. 물기를 잔뜩 머금은 푸른 이끼를 샌들로 밟을 때마다 간지러운 감촉이 발등을 에워싼다. 때늦은 자줏빛 도라지꽃이 유독 선명하다. 촉촉이 젖은 고사리를 헤집고 들추니 작고 예쁘장한 송이버섯이 참새 새끼처럼 웅크리고 있었다.

올여름 초부터, 정확히 6월 중반 무렵부터 석 달 넘게 쭉 달아 놓은 탓에 이제는 낡아버린 대나무 발. '오늘은 떼야지, 오늘은 꼭 떼야지'라고 생각하면서도 결국 떼어내지 못했다. 싸늘한 초가을 공기가 몸에 배어드는 9월 하순 어느 저녁, 드디어 대나무 발을 떼려고 마음먹었다.

뒤뜰에 면한 서향 창문이다. 높은 곳에 달려 있어 발뒤꿈치를 들어 올리고 손을 치켜 뻗었다. 발 가장자리에 덧댄 엷은 남색 비단은 습기가 축축이 배어 있고, 본바탕인 대나무는 만지니 싸느랗다. 창밖을 눈여겨보니 지나가는 비인지 어느새 차가운 이슬비가 보슬보슬 내렸다.

또 어느 가을날이었다. 이제껏 구석구석까지 환하게 비치던 초가을 하늘에 기껏해야 비행선만 한 먹구름이 떴다. 그러다 순식간에 빗자루로 한데 모아 버리듯 빗방울이 후드득후드득 쏟아졌다. 비를 피해 허겁지겁 달려서 들어간 곳은 고지대 주택가 경사진 곳에 자리한 어느 집 대문이었다. 한숨 돌리고 나서 대문 기둥을 부여잡았더니 마음이 착 가라앉을 만큼 안정감이 느껴졌다. 집 앞길을 지나는 사람도 없길래 마음 편히 기둥에 기댔다.

뛰어오면서 거칠어진 숨이 사그라들자 자그마한 판자 지붕에 아직도 호드득호드득 떨어지는 빗소리가 들려왔다. 한바탕 소동이 끝난 뒤 온화하게 가라앉은 관능(귀)은 더한층 밝아져 그 상쾌한 빗방울 소리가 머릿속까지 스몄다. 시원하고 유쾌했다.

그 쾌락을 만끽하며 잠깐 감았던 눈을 뜨니 문 안쪽으로 앞뜰이 보였다. 불꽃에 휩싸인 듯 새빨간 칸나 꽃잎이 있는 힘껏 넓게 펼쳐져 기가 질릴 정도였다. 너무 갑자기 눈앞에 모습을 드러내니 칸나꽃이 살아서 내 쪽으로 걸어올 것 같았다. 굵은 빗방울을 어지러이 뒤집어쓴 그 생동감에 숨이 막혔다.

칸나로부터 일곱 걸음쯤 떨어져 있는 창문이 열렸다. 고즈넉하고 자그마한 종이 바른 미닫이창이었다. 열린 창문 너머로 흑갈색 피부에 이목구비가 반듯한 인도인 남자 얼굴이 나타났다. 나는 자연스레 그 얼굴과 맞닥뜨렸다. 깜짝 놀라 황급히 꾸벅 인사를 했다. 그리고 뒤도 돌아보지 않고 대문에서 떨어져 길로 나왔다. 비가 그쳐 맑게 갠 푸른 하늘 속에 방금 창문에 나타난 인도인의 똑바로 앞을 향한 녹갈색 눈동자가 반짝이는 모습을 상상하며 걸었다.

길 위에 노란 소국 꽃송이가 하나 버려져 있었다. 아니, 가랑비에 젖은 산누에고치다. 대지진이 일어난 그해 가을에는 비가 많이 내렸다고 기억한다. 옷을 잃어버린 사람들이 가을이 깊어가는데도 하얀 홑옷을 여러 벌 껴입고 비에 소매를 적시며 거리를 걸어갔다. 쓸쓸하고 안쓰러운 광경이었다.

가을과 만보

하기와라 사쿠타로 萩原朔太郎

1886년 군마현 출생. 중학생 때부터 시를 투고하며 습작을 거듭한 끝에 1913년 기타하라 하쿠슈가 발행하던 잡지 『자몽』에 시 다섯 편이 실리며 문단에 데뷔했다. 도쿄와 고향을 오가며 창작에 몰두, 1917년 첫 시집 『달에 울부짖다』를 출간해 구어체 근대시를 완성했다고 평가받았다. 1923년 『우울한 고양이』, 『나비를 꿈꾸다』를 잇달아 발표하며 우울함과 외로움을 자신만의 언어로 표현하는 시인이란 명성을 얻었다. 1935년 단편집 『고양이 마을』을 선보인 이후 시, 수필, 소설을 넘나들며 활약하다가 1942년 5월 11일 쉰여섯 살에 급성 폐렴으로 세상을 떠났다.

「가을과 만보」는 1935년 11월 10일 『주간 아사히』에 실린 글이다.

사계절을 통틀어 나는 가을이 제일 좋다. 하긴 대부분 사람의 공통된 취향이리라. 원래 일본이라는 나라는 기후적으로 그다지 살기 좋은 곳은 아니다. 습기가 많고 무더운 여름은 세계 최고라고들 하고, 봄은 하늘이 낮아 우울하며, 겨울은 나무와 종이로 만든 집에 비해 추워도 너무 춥다. 게다가 그런 집이 아니면 여름 더위를 견딜 수 없다. 오로지 가을만이 쾌적하고 인간이 생활하기에 알맞은 환경이다.

하지만 가을을 좋아하는 것은 이런 흔한 이유 말고도 특별한 개인 사정이 있다. 가을이 바깥 산보를 나가기에 딱 좋은 날씨이기 때문이다. 나는 취미도 없고 도락도 즐기지 않는 사람이다. 낚시라든지 골프라든지 미술품 수집 같은 취미나 오락을 전혀 모른다. 바둑이나 장기는 좋아하지만 친구를 사귀지 않기에 좀처럼 같이 둘 상대를 찾지 못해 결국 두지 않게 되었다. 여행도 거의 한 적이 없다. 싫어하는 건 아닌데, 짐을 꾸리거나 여비를 계산하려면 귀찮기도 하고 집이 아닌 다른 숙소에 묵는 일도 내키지 않는다.

이런 내 성질을 아는 사람은 날마다 집에서 하는 일 없이 따분한 시간을 때우려 잡지나 읽으면서 빈둥거리는 모습을 상상할 텐데. 실상은 사뭇 다르다. 글 쓸 때가 아니면 대개 한나절도 집에 있지 않는다. 뭘 하나 하면 들개처럼 온종일 밖을 싸돌아다닌다. 이것이 유일한 '오락'이자 '심심풀이'다. 요컨대 가을이란 계절을 좋아하는 이유는 거리에서 생활하는 부랑자들이 가을을 좋아하는 이유와 같다.

앞서 '산보'라는 글자를 썼는데, 이 단어가 나한테는 조금 걸맞지 않는다. 하물며 요즘 유행하는 하이킹인지 뭔지처럼 씩씩하게 걷지도 않는다. 대체로 목적지 없이 방향을 잃고 미친 사람처럼 어슬렁어슬렁 돌아다닌다. 그래서 '만보漫步'라는 단어가 가장 어울리지만, 늘 명상에 잠겨 걸어가기에 만약 단어를 만든다면 '명보瞑步'라는 글자로 표현하고 싶다.

나는 어떤 곳이든 가리지 않고 돌아다닌다. 대부분 사람들로 북적이고 어수선한 시내를 걷는다. 걸어 다니다가 살짝 지치면 어디에서나 벤치를 찾아 걸터앉는다. 이럴 때는 공원과 정거장이 딱 좋다. 특히 정거장 대합실은 그만이다. 그저 휴식을 취할 뿐만 아니라 대합실을 오가는 여행객이나 뭇사람을 바라보는 일이 즐겁다. 때론 오직 그 즐거움 하나 때문에 정거장에서 세 시간이나 멍하니 앉아 있기도 한다.

그도 그럴 것이 집에서는 한 시간도 따분하게 있을 틈이 없다. 에드거 앨런 포가 쓴 소설 가운데 종일 군중 속을 걸어 다니지 않으면 마음이 안정되지 않는 불행한 남자가 나오는 이야기가 떠오른다. 나는 그 심리가 너무나 잘 이해된다.

고향 마을에 다케라는 거지가 있었다. 제법 잘사는 농가 외아들인데도 집을 뛰쳐나와 거지로 살았다. 경찰이 붙잡아 집으로 돌려보내기가 무섭게 다시 도망쳐 거리로 돌아와선 종일 번화가를 걸어 다녔다.

가을날 활짝 갠 하늘을 보면, 마음속에 희한스레 노스탤지어가 샘솟는다. 정처 없이 낯선 거리로 여행을 떠나고 싶어진다. 하지만 앞서 말한 대로 기차 시간표를 알아보거나 짐을 꾸리는 일이 서투른 탓에 언제나 '여행에의 초대'는 마음속 심상에서 사라져버린다.

그래도 가끔 품이 안 드는 가벼운 여행을 가기도 한다. 도쿄 지도를 손에 들고 혼조나 후카가와의 이름 모를 거리나 아사쿠사, 아자부, 아카사카의 숨은 뒷골목을 찾아다닌다. 무사시노대지*를 마음대로 이리저리 가로질러 다닌다. 갖가지 사설 전차를 타고 선로를 따라 새로 생긴 동네를 보러 간다. 그 여행이 이상하리만치 신기하고 재미있다. 히몬야, 무사시코야마, 도고시긴자 등 본 적도 들은 적도 없는 이름을 지닌 거리가 넓고 아득한 들판 한가운데 자리한 채 꿈에서 본 용궁성처럼 시끌벅적하다. 가게 앞마다 개점을 알리는

---

* 도쿄도 서쪽 일대의 너른 평지로 면적이 700제곱킬로미터에 달하며, 스기나미를 비롯한 23개 구 일부와 26개 시로 이루어진 다마 지역이 포함된다.

붉은 깃발이 나부끼고 손님을 부르는 호객꾼의 시끄러운 북
소리가 가을 하늘에 드높이 울려 퍼진다.

집을 좋아하지 않는 나. 밖으로 나가서 만보를 한껏 즐기
는 나는 방랑자 기질을 타고난 걸까. 사실을 말하자면 아니
다. 홀로 자유로이 살아가는 삶을 사랑하는 마음 한구석에
있는, 습관처럼 몸에 밴 고독이 시키는 일이다. 왜냐하면 사
람은 집 밖에 있을 때만 진정 자유롭기 때문이다.

" 늘 명상에 잠겨

걸어가기에

만약 단어를 만든다면

'명보瞑步'라는 글자로

표현하고 싶다. "

하기와라 사쿠타로

감

하야시 후미코 林芙美子

1903년 후쿠오카현 출생. 1922년 여학교 졸업 후 도쿄로 올라와 사무원, 카페 여급 등으로 생계를 이어가며 글쓰기에 몰두했다. 1930년 자신의 경험을 간결한 일기체로 고백한 『방랑기』로 일약 인기 작가가 됐다. 그 인세로 1931년 11월 혼자 유럽으로 여행을 갔다 이듬해 돌아와 1933년 『삼등여행기』를 펴냈다. 1935년 사소설적 소설에서 벗어난 단편 「굴」을 발표하며 문단의 인정을 받았다. 이후 여성 자립과 사회 문제를 파고드는 작품을 꾸준히 선보인 결과 1948년 여류문학자상을 수상했다. 1951년 6월 28일 마흔여덟 살에 심장마비로 생을 마감했다.

「감」은 1934년 8월 출간된 『여행 편지』에 실린 글이다.

이웃집에는 아이가 일곱 명이나 있었다. 이사 오고 나서 얼마간 우리 집 뒤뜰에 잘 마른 꽈리가 늘 하나둘 떨어져 있었기에 노송나무 울타리 사이로 옆집 아이들이 저마다 꽈리를 입에 넣고 삑삑 소리를 내며 놀러 왔다. 바람이 자주 부는 가을날, 구름의 움직임도 빨라서 매일같이 낙엽이 두 집 뜰에 쌓여갔다.

"아줌마, 일하는 거예요?"

밑에서 두 번째 아이인 서양 인형처럼 생긴 후지코가 우리 집 부엌 창문에 매달려 까꿍 하고 얼굴을 들이밀며 묻곤 했다.

원래 이웃집에는 노인 부부가 좁은 뜰을 손봐서 닭 따위를 기르며 살았다. 그러다 오사카에 사는 아들네로 가버리는 바람에 오랫동안 비어 있었다. 여름 내내 풀이 무성하게 자라서 작은 닭장 안까지 하얀 망초꽃이 잔뜩 우거졌는데, 아이가 일곱이나 되는 가족이 이사 오자 어느새 풀이 전부 사라졌다. 금세 놀기 좋은 공터가 완성되자 아이들은 제 키보다 큰 빗자루를 들고 낙엽을 쓸어 모아 불태웠다.

여름내 빈집이던 이웃집 뜰에는 내가 노리는 감나무가 있었다. 무심히 열매를 맺고 푸른빛을 조금씩 지워가는 감을 매일매일 즐겁게 부엌 창가에서 내다봤다. 앞으로 두 주만 지나면, 하고 생각할 즈음 일곱 아이를 거느린 가족이 이사 온 탓에 그저 부럽게 바라볼 수밖에 없었다.

"이 감은 언제쯤이면 따서 먹을 수 있나요?"

낙엽을 태우며 넷째 포오 군이 어머니에게 물었다. 키가 작고 통통한 아이 엄마는 생글생글 웃으며 감나무를 올려다보고 말했다.

"음, 아직 멀었네요. 파란 걸 먹으면 배탈이 날걸요."

나는 부엌일을 하며 검은 반점이 생긴 감을 창문 사이로 내다봤다. 조각구름이 낙엽과 함께 나풀나풀 흩날리는 마른 가을이었다. 비가 한동안 내리지 않았다. 작업실에 있으면 옆집에서 이야기하는 소리가 자주 들려왔다.

"이제 슬슬 추워지네요, 보세요, 말할 때마다 벌써 제 입에서 김이 나와요, 어머니."

맏이인 스미코라는 열네 살 소녀의 말소리였다.

이 가족이 이사 온 지 얼마 되지 않아 히로코라는 열두 살 되는 아이와 포오 군이 편지를 들고 밤이 깊어 찾아왔더랬다. 편지에는 오이즈미 고쿠세키*라고 적혀 있었다.

---

* 오이즈미 고쿠세키(大泉黒石 1893~1957) 소설가이자 러시아문학자로 아나키스트 성향이 짙은 소설을 발표해 인기 작가가 됐지만 특이한 기질 탓에 가족을 데리고 이곳저곳을 돌아다니며 살았다.

"어머, 아버지가…… 그랬군요. 아버지도 시간이 되면 놀러 오시라고 전해주세요."

말하기가 무섭게 남자아이는 곧장 노송나무 울타리를 지나 아버지를 향해 달려갔다. 히로코는 마치 어른처럼 똑바로 앉아 조용한 집이네요, 라고 말했다. 나는 어쩐지 애처로워서 라디오를 틀며 좋아하나요, 라고 물었다. 마침 「아를의 여인」이란 관현악곡의 나팔 연주 대목이 아름답게 흘러나왔다. 히로코는 검정과 빨강 줄무늬가 가로로 쳐진 재킷을 입고 줄곧 손을 숨겼다. 어디 아줌마한테 손 좀 보여달라고 말했더니 히로코는 귀여운 손을 살며시 내밀고 쫙 펼쳤다. 귀여운 손이었지만 어른처럼 거칠거칠했다. 부엌일을 하나요, 라고 묻자 밥을 짓는다고 말하며 피식 웃어 보였다.

오이즈미 고쿠세키라는 사람에 대해 아는 게 별로 없어 어떤 이야기를 해야 할지 고민했다. 그사이 포오 군이 데려온 오이즈미 씨는 마치 자기 집인 양 껄껄 웃으며 객실로 들어오더니 우리 어머니 옆에 앉았다. 어머니는 깜짝 놀란 눈빛이었다. 수건을 허리에 차고 붓이 스친 듯한 잔무늬가 새겨진 옷을 입었는데 아들 옷인지 깡동했다. 겉모습을 전혀 신경 쓰지 않은 만큼 산사나이처럼 보였다. 생활비로 한 달에 300엔이 든다고 해서 힘들겠구나 싶었다.

부엌일을 좋아한다는 히로코를 보고 있자니 열두 살께 할머니 집에 얹혀살며 밥을 짓던 때가 떠올랐다. 그녀의 볼록한 뺨이 어린 시절 나와 무척 닮아 있었다.

　"참, 감은 이제 다 익었죠?"

　"아, 그 감이요. 먹을 날을 손꼽아 기다렸는데 집주인이 와서 몽땅 가져갔어요. 쩨쩨하다니까요."

　다음 날 아침, 부엌 창문으로 감나무 나뭇가지를 올려다보니 푸른 열매마저 하나도 남아 있지 않았다. 땅바닥에는 감나무 잎사귀가 수북하게 쌓여 있었다. 후지코가 뭔가 혼잣말을 하면서 숯가마니 밧줄로 감나무에 그네를 매다는 참이었다.

　"후지코 양, 떨어질걸."

　말을 건넸다.

　"있잖아, 감이 하늘로 날아가 버렸대요. 그래서, 그래서 말이죠. 어머니가 그네를 만들어 놀아도 좋다고 하셨어요."

　이렇게 말하고는 작은 손으로 그넷줄을 묶었다. 나는 언덕 위 동네 청과물 가게에 가서 작은 단감을 두 되 넘게 산 다음 일부는 후지코가 있는 이웃집으로 가져다주라고 부탁했다. 조금 지나 부엌에서 엿보니 후지코가 벌써 감을 깨물어 먹으며 노래를 부르고 있었다.

"후지코 양, 아버님은……?"

"술 마시는데요."

"어머니는?"

"일하러."

"큰오빠는?"

"학교."

"큰언니는?"

"엄마 도와주러."

"히로코는?"

"학교."

"레이코랑 포오 군은?"

"학교."

"아기는?"

"어버버 어버버해."

감 맛있냐고 물었더니 사과를 더 좋아한다면서 가지런히 난 새하얀 앞니로 감 껍질을 바각바각 갉아 벗기기 시작했다. 문득 아이가 갖고 싶었다. 뒷문으로 밖에 나가 노송나무 울타리 사이로 후지코의 동글동글한 손을 잡아당겼다.

"뭐야?"

"잠깐만 이리로 오렴, 좋은 이야기야."

그러자 후지코가 웅크려 앉은 내 볼 쪽으로 살짝 귀를 갖다 댔다. 기분이 이상해진 나는 작은 목소리로 있잖아, 하며 입을 그 귀에 가져갔다. 어린아이의 젖 내음이 났다. 이제껏 느껴본 적 없는 두근거림으로 심장이 고동쳤다.

낙엽 위에 움츠린 채 양손으로 얼굴을 가렸더니, 숨바꼭질이라고 생각했는지 밧줄을 든 다섯 살배기 후지코는 나를 두고 어딘가로 달려갔다.

올해는 그 가족도 사기노미야인지 어딘지로 떠나버렸다. 옆집 감나무는 벌써 작은 열매를 주렁주렁 달고 있지만 요사이 햇빛이 영 나지 않았으니 맛이 없으리라.

하야시 후미코와 그녀의 어머니 기쿠.

가을 노래

데라다 도라히코 寺田寅彦

1878년 도쿄도 출생. 1896년 고등학교에서 영어 교사였던 나쓰메 소세키를 만나 문학에 관심을 갖게 됐다. 1899년 도쿄대 물리학과에 입학, 소세키의 소개로 마사오카 시키가 발행하던 잡지 『두견새』에 작품을 발표했다. 1905년 죽은 아내를 추억하는 수필 「도토리」를 선보여 호평받았다. 1909년 독일로 2년간 유학하러 갔다가 돌아와 1913년 학술서 『바다의 물리학』을 출간해 학자로서 명성을 쌓았다. 이후 도쿄대 교수로 재직하며 사생문 성격이 짙은 수필을 다수 집필해 '글 쓰는 과학자'로 불렸다. 1935년 12월 31일 쉰일곱 살에 전이성 뼈종양으로 세상을 떠났다.

「가을 노래」는 1922년 9월 잡지 『떫은 감』에 실린 글이다.

차이콥스키가 작곡한 「가을 노래」라는 소곡이 있다. 짐발리스트*가 연주한 레코드판을 소장한 나는 이따금 꺼내 틀어놓고 홀로 가만히 이 곡이 불러내는 환상의 세계로 빠져든다.

끝없이 펼쳐지는 북유럽 평야 깊숙이 자리한 자작나무 숲. 한숨짓듯 축 늘어진 나무의 우듬지는 이미 황금빛으로 물들어, 저물녘 하늘에 외로운 바람이 스쳐 지나가면 낙엽이 곱디고운 눈물처럼 내리쏟아진다.

숲속을 누비며 거칠고 메마른 오솔길을 나는 정처 없이 돌아다닌다. 옆에는 마리아나 미하일로브나**라는 여인이 나란히 걷고 있다.

두 사람은 아무 말이 없다. 하지만 두 사람의 마음속에서 오가는 생각은 바이올린 소리가 되어 때론 높지막하게 때론 나지막하게 들려온다. 그 소리는 이 세상의 어떤 언어보다 더한층 속절없는 슬픔을 드러낸다. 내가 G현으로 말하면 마리아나는 E현으로 답한다. 현 소리가 끊어졌다가 이어지고 또 이어졌다가 스러질 때쯤 두 사람은 멈춰 선다. 그리

---

 * 짐발리스트(Efrem Zimbalist 1889~1985) 러시아 출신의 미국 바이올린 연주자이자 작곡가.
** 데라다 도라히코가 만들어낸 가상 인물로 '미하일로브나'는 러시아의 귀족명.

고 지그시 눈길을 주고받는다. 두 사람의 눈에는 이슬방울이 빛난다.

나와 마리아나는 다시 걷기 시작한다. 현 소리는 전보다 높이 떨리다가 이윽고 흐느끼듯 가라앉는다. 높은 바이올린 소리에 메아리가 화답하는 양 희미한 낮은 첼로 소리가 어렴풋이 울려 퍼진다. 사라져가는 그 소리를 따라가 매달리듯 또다시 바이올린 고음이 메아리친다. 이 아련한 연주는 헤어진 뒤 미래에 남을 두 사람이 간직할 추억의 반향이다. 덧없고 외롭기 그지없다.

새빨갛게 매정한 가을 해가 들판에 맺힌 열매 너머로 넘어간다. 두 사람은 숲 가장자리에 서서 약속이나 한 것처럼 저 멀리 절에 있는 탑에서 반짝이는 마지막 햇빛을 바라본다. 한 번 말랐던 눈물이 다시금 하염없이 흘러내린다. 이제는 슬픔을 토해내는 눈물이 아니라 영원히 영혼을 파고들, 더없이 쓸쓸한 체념 어린 눈물이다.

밤이 다가온다. 마리아나의 모습은 이미 보이지 않는다. 나는 혼자 외롭게 숲가 그루터기에 걸터앉아 가을 하늘 저편 희미한 불빛 속으로 아스라이 사라져가는 현 소리의 흔적을 좇는다.

정신을 차려 보니 어느새 「가을 노래」가 끝나 있다. 무릎에 얹은 손가락 끝에서 다 타버린 담뱃재가 녹색 카펫 위에 툭 떨어져 부서진다.

가을 소리

와카야마 보쿠스이若山牧水

1885년 미야자키현 출생. 1904년 와세다대 영문과에 입학, 기타하라 하쿠슈 등과 함께 동인지 『북두』를 창간해 단가를 발표했다. 1908년 첫 가집 『바다 소리』를 출간한 뒤 신문사에 입사하지만 반년도 안 돼 그만뒀다. 이후 가인으로 살아가며 맑은 언어 속에 인생과 자연을 노래해 호평받았다. 1920년 여행 갔던 시즈오카현 누마즈시에 반해 가족을 데리고 이사했다. 여행을 좋아해 전국을 돌아다니며 단가를 읊고 글을 썼는데, 만년에는 『강 위쪽 기행』, 『초겨울 기행』 등 기행문도 다수 남겼다. 1928년 9월 17일 마흔세 살에 간경변으로 세상을 떠났다.

「가을 소리」는 1925년 2월 출간된 『수목과 그 잎』에 실린 글이다.

재빨리 가을바람 소리 들리면
기다란 잎 사랑스러워 수수를 심네

나는 유난히 수수 잎사귀를 좋아한다. 실한 열매를 원한다면 그다지 비료를 주지 않아야 하고, 멋진 잎사귀를 보고 싶다면 되도록 많이 줘야 한다. 해마다 서재 창가 작은 텃밭에 수수를 심는데, 올해는 그 사이사이에 해바라기를 심어봤다. 둘 다 키가 큰 식물로 한쪽은 잎이 기다랗고 한쪽은 꽃이 커다랗다.

1년 내내 그렇지만 여름에는 유독 아침에 일찍 일어난다. 보통 오전 3시나 4시면 창문을 열고 의자에 앉는다. 이맘때쯤에는 3시 반이면 벌써 집 밖이 어스레하게 밝아온다. 그 맑은 여명 속에 자랄 만큼 다 자란 두 식물이 하나는 거무스름하게 보일 만큼 푸른 잎을 길게 늘어뜨리고 서 있고, 하나는 오늘 아침 막 피어난 듯 선명한 샛노란 큰 꽃송이를 하늘 높이 치켜들고 있다. 그 아름다운 모습에 눈이 번쩍 뜨인다. 창문에서 내비치는 전등 불빛으로 살펴보니 수수 잎 양옆에 이슬방울이 점점이 맺혀 있다. 더 자세히 보니 잎 한가운데에 청개구리 한 마리가 오도카니 앉아 있다. 이상하게도 수수 잎에는 늘 이 손님이 찾아온다.

잠시 바라보고 있는데 텃밭에서 귀뚜라미 우는 소리가 들린다. 벌써 귀뚜라미가 울기 시작했구나, 생각하는 사이 멀리서 베짱이의 맑은 울음소리가 들려온다. 여름의 끝, 가을의 시작을 알리는 이런 풍경은 정말이지 쓸쓸하기 그지없다.

아시타카산 기슭에 피어오른 구름
아침에 보고 밤에 보며 여름 끝을 생각하네
새벽녘 산기슭에 피어오른 새하얀 구름
외로우려나 띄엄띄엄 솟아났는데
밭 사이 좁은 길을 가다가
느닷없이 만나는 사랑스러운 은하수로구나

누마즈 시내에서 지금 사는 가누키산 기슭까지는 논밭길을 1킬로미터 넘게 걸어와야 한다. 나는 이따금 시내에 나가 술을 마신다. 손님과 함께 가기도 하고 혼자 가기도 한다. 늘 밤에 집으로 돌아오는데, 대개 새벽 1시나 2시께다. 홀로 한밤중에 논밭 사이로 난 좁은 길을 걸어오면 기분이 좋다.

돌아오는 길 한쪽에 작은 봇물이 흐른다. 그저 졸졸 흐르는 자그마한 개울일 뿐이지만 물은 맑고 가에는 염주와 닭의장풀이 푸르게 우거져 있다.

술 취한 몸을 이끌고 무거운 발걸음으로 옆을 지나가면 염주 뿌리를 씻으며 졸졸 흘러가는 물소리가 귀에 들어온다. 언젠가 한번 소변을 봤는지 어쨌는지 잠깐 멈춰 섰다가 들은 이후 어느새 버릇처럼 술을 마시고 돌아갈 때마다 더 귀를 기울이는지도 모른다. 낮이나 볼일 보러 갈 적에는 거의 잊고 있던 작은 물소리가 꼭 이때만 들려오니.

신발을 벗어 가지런히 놓아두고 물가에 앉는다. 발은 자연스레 닭의장풀 덤불 속으로 축 늘어진다. 그리고 멍하니 아무것도 보지 않고 듣지 않고 얼마간 시간을 보낸다. 때론 한 시간 가까이 혼자 멀거니 앉아 있곤 한다. 조용한 물소리가 가슴에 사무치긴 해도 일부러 그 물소리를 듣기 위해서는 아니다. 그저 술에 취해 지친 몸을 쉬게 하고 바람을 맞으며 있는 것이 즐거울 뿐이다.

밤 1시나 2시쯤 되면 더 이상 사람도 지나다니지 않는다. 넓은 논밭 가운데 앉아 담배 피우는 일도 잊고 무심히 보내는 시간은 술을 마신 뒤가 아니면 안 되고 또 한밤중이 아니면 안 된다.

들녘 미시마 마을에서 쏘아 올린 불꽃
달밤 하늘에 흩어져 사라지고

촉촉이 젖어버린 옷자락 늘어뜨린 채
먼지 피어오르는 달밤 길에
은하수 또렷하고 투명한 밤 이슥히
떠오르는 달그림자 바라보네

바쇼*가 지은 하이쿠 중에

길가 무궁화 눈 깜짝할 새 말에게 먹혀버렸네

내가 가장 좋아하는 하이쿠다. 더불어 무궁화도 좋아졌
다. 무궁화는 가을이 왔음을 알리는 꽃으로 맨 먼저 피어난
다. 여름부터 피기 시작하는데, 그의 '한여름에 부는 가을
바람'이라는 느낌이 맘에 든다. 어떤 무더위 속에 피어 있어
도 무궁화에는 가을 감성이 아른거린다. 보랏빛 짙은 아름
답고 쓸쓸한 꽃이다.

만물 이삭 나온 산밭 두렁마다

---

* 마쓰오 바쇼(松尾芭蕉 1644~1694) 에도시대의 하이쿠 시인. 교토와 도쿄 등지를
  떠돌며 독특한 시풍을 완성해 하이쿠를 참다운 예술의 경지로 끌어올렸다고 평
  가받는다.

어린 무궁화 줄지어 피어나니
밭모퉁이 바람막이 울타리
무궁화 보랏빛으로 물들어가네

" 달이 만물을
아름답게 꾸며준다고들 하는데,
꼭 그렇지도 않다. "

가을밤

요사노 아키코 与謝野晶子

1878년 오사카부 출생. 어릴 적부터 문학가를 꿈꾸다가 고등학교 졸업 뒤 1900년 훗날 남편이 되는 가인 요사노 뎃칸의 제자로 들어갔다. 1901년 첫 가집 『헝클어진 머리칼』을 출간해 정열적이고 풍부한 시풍으로 젊은 독자들에게 인기를 끌었고, 1904년 반전시 「님이여 죽지 말지어다」를 발표해 찬사와 비난을 동시에 받았다. 이후 시가뿐만 아니라 소설, 수필, 고전 연구 등 다방면에서 활약하는 한편 1921년 학교를 세우고 남녀평등 교육과 여성운동을 펼쳤다. 만년에는 고전문학을 현대어로 소개하는 작업에 몰두했다. 1942년 5월 29일 예순네 살에 세상을 떠났다.

「가을밤」은 1930년에 쓴 글이다.

선선한 계절에 접어들어 좋은 달밤이 이어진다. 달력상에서야 윤달 때문에 음력 8월이 다음 달로 미뤄졌지만, 날씨로 보면 예년처럼 지금이 추석 보름달이 뜨고 진 뒤다.

달은 옛날부터 동양인에게 더 환영받았다. 유럽에선 시인은 달을 즐겨 노래했지만 보통은 달보다 해를 좋아했다. 유럽 풍토가 중국이나 일본과 달리 햇빛이 풍부한 날이 적기 때문이다. 이런 의미에서 일본인은 햇빛의 은혜에 무뎌져 태양을 조금 소홀히 여긴다고 생각한다. 고전문학에 태양을 찬미하는 뛰어난 작품이 없는 것도 그래서다.

보름날 밤, 내가 사는 동네에서 가을 축제가 열렸다. 남편이 산책하러 가자고 해서 밖을 나갔더니 보름달이 까만 삼나무 수풀과 수풀 사이 논 위에 떠 있었다. 시냇물이 바람에 남실거리는 키 큰 풀 속에 가려 보일락 말락 하얗게 빛나며 저 멀리까지 흘러갔다.

500미터쯤 걷고 나서 집에 돌아오니 대학생인 다나카 데이로쿠 씨*가 찾아와 기다렸다. 창문에 비치는 달이 갈수록 아름다웠다. 남편이 느닷없이 축제에서 하는 마을 연극을

* 다나카 데이로쿠(田中悌六 1905~1960) 가인이자 화가로 요사노 부부가 발행하던 『명성』에 시를 투고하며 알게 됐고, 훗날 『명성』 표지는 물론 요사노 아키코의 책 표지 그림을 그렸다.

보러 가자고 변덕을 부렸다. 그 바람에 이삼 년간 제국극장이든 어느 연극이든 가지 않은 부부가 연극과 음악회의 단골손님인 다나카 씨와 함께 길을 나섰다.

마을 연극은 사실 근교 가을 축제에서 한몫 잡으려고 무사시노극단이라는 이름으로 공연하러 돌아다니는 최하급 배우가 모여 올리는 연극이었다. 공터에 지저분한 장막을 둘러치고 연두색 바탕에 배우 이름을 흰색으로 뺀 기다란 천 세 장이 장대 세 개에 각각 매달려 있었다. 셔츠에 내복 같은 바지를 입은 남자가 아무런 말도 없이 요염하게 서서 출입문을 지켰다.

나는 망설였지만 남편이 어서 들어가자고 해서 한 사람당 15전씩 입장료를 냈다. 손님은 어린아이까지 합쳐 열네댓 명밖에 되지 않았다. 무대는 꾀죄죄한 커튼이 드리워지고 뒤편으로 달랑 전등 한 개가 어슴푸레하게 켜져 있었다. 배우들이 무대로 향하는 통로를 가린 막에 달린 전등은 상태가 안 좋은지 인부가 와서 고치는 중이었다. 장내 바닥에는 까슬까슬한 거적이 50장 정도 깔렸는데, 이음매 사이로 풀이 삐져나와 있었다. 그때 한순간 얇은 천으로 덮은 천장 틈으로 달이 보였다. 달이 만물을 아름답게 꾸며준다고들 하는데, 꼭 그렇지도 않다.

코가 잘린 중년 여인이 서서 한 장에 5전 하는 방석을 권해도 손님들은 고개를 저으며 거적 위에 책상다리하고 앉거나 가져온 신문을 깔고 앉았다. 다나카 씨가 "요쓰야 괴담은 오히려 이처럼 음침하고 초라한 곳에서 공연해야 어울리죠"라고 말했다.

남편이 코가 잘린 중년 여인에게 듣기로는 배우는 아사쿠사의 야외극장과 영화배우 밑에서 허드렛일하는 사람들이란다. 또 임시로 세운 이 작은 건물은 그녀의 남편이 극단 단장에게 5일간 150엔을 받고 빌려주고 있기에 매일 밤 입장료에서 대여료를 착실히 빼내 받아 돌아간다고. 하룻밤에 300명 이상 손님이 들지 않으면 대여료조차 내지 못하는데, 어젯밤에는 80명밖에 오지 않았다면서 이래선 단장은 엄청난 손해를 입을 테고 배우들은 밥값도 못 받을 게 뻔하다고 했다.

그사이 30명 남짓 손님이 모인 덕에 겨우 막이 올랐다. 제목이 뭔지 몰라도 '다이고로'라는 주인공이 활약하는 협객물이다. 영화극을 따른 건지 이야기가 빠르고 단순하게 흘러간다. 다이고로로 분장한 주연배우 말고는 다들 대사나 연기가 어설픈 게 급한 대로 대충 때우는 느낌이었다. 대사 속에 넌지시 "사람들은 그저 춤과 노래만 즐길 뿐 이곳에 보러 오지 않는다"라는 식으로 빈정거림이 섞여 있다. 배우는 의외로 진지하게 연기하지만, 의상이며 분장이며 대사가 죄다 웃음이 나올 만했다. 2막이 끝날 무렵, 손님은 80명쯤 되어 있었다.

우리처럼 도시에서 이주해온 사람은 한 명도 없다. 모두가 농민과 지역민이다. 비극이니만큼 우는 여자들도 적지 않다. 우리끼리 웃는 게 미안하기도 해서 다음 막을 보지 않고 돌아가기로 했다. 밖에 나오니 밝은 달빛 아래로 인적 없는 교외 마을이 쥐 죽은 듯 고요했다. 배우들이 저렇게 일하고도 돈을 못 받을 걸 생각하니 어쩐지 달빛조차 차게 느껴졌다. 그런데 너무 어이없던 연극을 떠올리니 웃지 않을 수 없었다.

그리고 며칠 지난 어젯밤에는 우연히 재미있는 달구경을 했다. 다카시마야포목점이 가을 맞이 행사로 개최하는 '백선회'에서 새롭게 선보일 직물을 비평해달라고 부탁했다. 그래서 우리 부부는 와다 에이사쿠, 야마시타 신타로, 니이 이타루, 우메하라 류자부로, 나카가와 기겐, 호리구치 다이가쿠와 함께 무코지마에 있는 요릿집 야오마쓰에 오후 4시부터 모였다. 가게 지배인 오제 씨를 비롯해 점원들이 가져와 진열한 대표 신작을 다른 작가들과 함께 한자리에서 비평을 끝낸 시각은 밤 11시 30분.

붓을 놓고 정신을 차려보니 달이 높이 떠서 강을 비추었다. 초저녁에 오가던 배도 끊기고 건너편 강가는 빛을 머금은 안개가 번져서 흐릿하게 보였다. 귀갓길을 위해 준비된 놀이용 모터보트가 마중 나왔다길래 '야오마쓰'라고 가게 이름이 붉게 적힌 커다란 초롱과 지배인과 점원의 배웅을 받으며 뒷문으로 나가 탔다.

"에도시대까지 거슬러 올라가지 않아도 그야말로 1890년대 초 정경이다"라고 남편이 말한다. 비평회에서 수다를 떤 일행은 밤이 이슥한 데다 세속을 벗어난 강물 위 달빛 아래라 그런지 너나없이 조용하다. 몇 명의 예능인도 다들 얌전히 앉아 있다. 낮과 달리 탁한 강물이 보이지 않으니 양쪽 강기슭에 자리한 건축물과 강폭이 템스강 하구를 연상시키지 말란 법도 없다. 고토토이다리를 비롯해 새로 걸린 많은 철교도 밤에 보자 들은 것만큼 보기 흉하지 않다. 빨갛고 노랗고 파랗고 하얀 불빛이 거꾸로 비친 그림자가 높은 건축물과 더불어 이국적이다.

화가나 시인뿐이라 예술적인 담화는 베네치아나 파리에 이르렀다. 아무도 에도 정서가 사라져가는 스미다강을 한탄하지 않았다. 야나기바시의 전통 요릿집 '가메세이'가 지붕 한가득 전등을 장식하는 일이 어색하지 않고 달 또한 이 거리에 어울리게 새로운 정서를 풍긴다.

다만 스미다강은 센강이 아니었다. 에이다이다리까지 왔는데 오늘 밤 낙조에 배를 대고 육지로 올라갈 계단이 설비되어 있지 않았다. 난감했다. 가까스로 나카가와 씨가 새로운 요릿집 '미야코가와' 뒤 선창다리를 찾아냈다. 우리는 엉금엉금 걸어 올라간 뒤 이미 잠자리에 든 주인을 불러 깨워 객실 옆 복도를 통해 밖으로 나왔다. 모두 주인에게 감사 인사를 전하며 헤어졌다. 집에 돌아오니 오전 1시 반이었다. 나무숲과 집을 비추는 달은 이국적인 스미다강에 뜬 달이 아닌, 시골 내음 물씬 풍기는 마을 연극을 보던 날에 뜬 달이었다.

요사노 아키코의 첫 가집 『헝클어진 머리칼』과 유고작 『낙화초』.
전자는 서양화가 후지시마 다케지가,
후자는 다나카 데이로쿠가 그림을 그리고 장정했다.

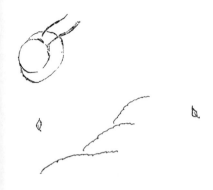

빨래하는 날

기무라 요시코 木村好子

1904년 에히메현 출생. 1922년 도쿄로 올라와 일하며 습작을 거듭하던 중 시인이 되기로 결심하고 아카마쓰 겟센 문하에 들어갔다. 1927년 시인이자 미술평론가 온지 데루타케와 결혼했다. 1931년 프롤레타리아작가동맹에 참여하며 에너지 넘치는 저항시를 선보이다가 1935년 『시정신』에 실린 「낙엽」으로 호평받았다. 이후 극심한 탄압에 다른 작가들이 전향하는 가운데 꿋꿋이 노동자의 삶을 노래한 시를 발표했다. 1946년 일본공산당에 가입, '신일본시인'을 결성했다. 1959년 암으로 투병하면서도 첫 시집 『더없이 가정적으로』를 출간했지만, 그해 10월 24일 쉰다섯 살에 세상을 떠났다.

「빨래하는 날」은 1931년 11월 잡지 『프롤레타리아시』에 실린 시다.

물씬 풍겨오는 힘찬 체취!
오, 이 더러운 냄새야말로
옥중 투쟁의 뜨거움을 이야기한다
그들의 생생한 숨결

자, 다들 씩씩하게 시작하자
나는 펌프질
치요는 헹구기
모두 모여
북북 싹싹 콸콸
원한을 담아 깨끗이 빨아버린다
놈들의 테러에 더럽혀진 때를, 진땀을

하늘은 쾌청한 가을
빨래하기 더없이 좋은 날씨
안에서 힘내는 동지들에게
적어도 산뜻한 옷을 입히기 위해
우리 가슴은 뜨겁게 팔에 힘을 채운다!

2장、겨울。

눈 오는 밤

무라야마 가즈코 村山籌子

1903년 가가와현 출생. 고등학생 때부터 잡지에 시를 투고하며 문학가를 꿈꿨다. 1923년 전문학교 졸업 뒤 『주부의 벗』 잡지기자로 입사, 이듬해부터 동화와 동요를 잇달아 발표하며 주목받았다. 동물과 채소를 주인공으로 한 유머러스하고 재치 넘치는 작품을 다수 집필하는 한편 『피노키오의 모험』 등 해외 동화를 번역했다. 연극 연출가였던 남편 무라야마 도모요시가 삽화를 그려줬지만, 1945년 프롤레타리아 연극운동을 하던 남편이 조선으로 망명하자 고초를 겪었다. 결국 1946년 8월 4일 마흔세 살에 흉막염으로 세상을 떠났다. 사후 첫 동화집 『여치의 장보기』가 출간됐다.

「눈 오는 밤」은 1925년 2월 잡지 『어린이의 벗』에 실린 시다.

졸리디졸린
눈 오는 밤
어두운 처마 끝에서
비둘기 구구 울면
서글퍼라.

소르르 잠들었다
눈을 뜨니
구구 울던 비둘기
어디로 날아갔는지
쓸쓸하네.

세밑 소리

야마모토 슈고로山本周五郎

1903년 야마나시현 출생. 어려운 가정 형편 탓에 어릴 때부터 전당포에서 종업원으로 일했다. 1923년 간토대지진으로 가게가 불탄 뒤 고베에서 편집기자로 일하다가 도쿄로 와서 1926년 「스마데라 부근」을 발표했다. 『일본혼』 편집기자로 근무하다가 1928년 근무 태만으로 회사에서 해고됐다. 1932년부터 잡지 『킹』에 시대소설을 연재, 『붉은 수염 진료담』, 『사부』 등 대중소설을 쓰며 폭넓은 독자층을 확보했다. 1943년 『일본부도기』가 나오키상 후보에 올랐음에도 신인 작가가 받는 편이 좋을 것 같다며 후보를 사퇴했다. 1967년 2월 14일 예순네 살에 세상을 떠났다.

「세밑 소리」는 1958년 12월 31일 아사히신문에 실린 글이다.

12월이면 하루하루 시계가 째깍째깍 돌아가는 소리가 들리는 것 같다. 다른 달에는 이런 일이 없고, 있다고 해도 그다지 12월만큼 압박감이 느껴지지 않는다. 지금 이 원고를 쓰면서도 현실에 시간을 새기는 소리를 듣는다. 그 빠른 속도와 으름장에 몸이 움츠러드는 기분이다.

점심 먹으러 나왔다가 노면전차를 타고 작업실로 돌아가는 길이었다. 앞에 젊은 부인이 섰다. 등에 갓난아기를 업고 다섯 살 남짓한 여자아이를 데리고 있었다. 부인은 스물여섯이나 스물일곱, 색이 바랜 붉은 스웨터에 쥐색 모직 스커트 차림이었다. 곱슬곱슬한 긴 머리털은 헝클어졌고 갸름한 얼굴은 창백하게 굳었다. 미간에는 지쳤는지 화가 났는지 주름이 깊게 패었다. 침착함을 잃은 눈은 절망한 사람처럼 날카롭게 한곳만 바라봤다. 여자아이는 한 손으로 엄마의 스커트를 잡고 다른 한 손으로 반쯤 종이로 싼 사탕을 들고 핥다가 엄마를 보며 말했다.

"엄마, 아줌마 만나서 다행이네요, 그죠?"

젊은 엄마는 한곳만 쳐다본 채 대답하지 않았다. 여자아이는 또 스커트를 잡아당기며 물었다.

"엄마, 아줌마가 집에 있어 참 다행이었죠?"

그러자 젊은 엄마는 매몰차게 그 손을 뿌리치며 쌀쌀맞게

대꾸했다.

"시끄러워, 잠자코 좀 있어."

대화 속 그 아줌마와 이 모녀가 어떤 관계인지 물론 알 수 없다. 그저 젊은 엄마는 갓난아기를 업고 어린아이를 데리고 한 아줌마를 찾아갔다. 마침 아줌마가 집에 있어 그녀들은 아줌마를 만났다. 여자아이는 그게 '다행이었다.' 하지만 젊은 엄마는 마냥 좋지만은 않았던 모양이다.

12월. 나는 상상력을 짜낼 생각은 없다. 모녀의 짧은 대화가 의심할 여지없이 노골적으로 사정을 이야기해주니. 더구나 12월이면 이쪽도 심장에 비수가 꽂히는 것과 비슷한 시름에 잠긴다.

가랑비가 내리는 날, 역시 점심을 먹으러 나갔을 때의 일이다. 노게쵸 거리 뒤편을 마흔 살쯤 되어 보이는 남자가 갓난아기를 포대기로 싸 업고 우산도 없이 걷고 있었다. 나는 우산을 쓴 데다 점심밥을 사 먹을 만큼 주머니에 돈도 들었다. 그 남자는 덥수룩한 수염에 덩굴풀처럼 자란 머리칼, 희읍스름하게 부은 얼굴로 멍하니 앞을 바라보며 아무 목적 없음을 증명하는 듯한 발걸음으로 빗속을 천천히 걸어갔다.

빗줄기가 굵지는 않았지만 비가 오는 줄도 모를 만큼 뭐가 저리 괴로운 걸까. 나이로 미루어 보아 등 뒤 아기 말고도 자식이 한두 명 더 있을 텐데. 아내가 아픈가, 아니면 아내가 돈을 벌러 나갔나. 이런저런 상상을 전혀 할 필요 없이 갓난아기를 등에 업고 빗속을 걸어가는 그 남자는 인간 생활의 나약함과 덧없음을 고스란히 드러냈다.

요즘 거리에 나가면 연말 대할인, 창고 대방출, 재고 정리 세일, 전 품목 반값 등이 적힌 깃발과 전단이 가게마다 내걸리고 손님 부르는 스피커나 점원 목소리가 달려든다. 초읽기에 들어가는 소리이자 색깔이자 글자다. 사람들은 마지막 열차를 놓치는 게 아닐까, 조급하고 불안한 마음에 사로잡힌다.

북적이는 거리를 한 신사가 강아지를 데리고 걷고 있었다. 너덜너덜해진 헌 양복 윗도리에 단추가 없는지 허리를 줄로 묶었다. 반쯤 찢어진 옷감이 펄럭이는 바지를 입고 짚신을 신었다. 갈라진 바지 사이로 털이 수북한 때투성이 정강이가 보이고 목덜미에 때가 껴서 거무칙칙하다. 다만 머리만은 막 깎았는지 기름이 번들거린다. 이들 신사 사회에는 10엔짜리 동전 하나로 머리를 깎아주는 이발사가 있다고 하던데, 설맞이 이발을 했지 싶다.

신사는 연말 거리의 긴박한 경치를 본체만체하며 팔짱을 낀 채 유유히 걸어간다. 그 걸음걸이는 째깍째깍 움직이는 시계 밖 세계에 있음을 담담히 보여준다. 동시에 섣달그믐 따윈 될 대로 되라지 하는 의지의 표현이다. 강아지는 주인 다리에 바싹 붙어 걸어가다가 사랑이 담긴 뜨거운 눈으로 주인을 올려다보고 또 쫄래쫄래 따라가다가 또 뜨거운 사랑이 담긴 눈으로 주인을 올려다본다. 이따금 주인이 자신을 내려다보면 마치 서로 사랑을 확인한 것처럼 강아지는 꼬리를 힘껏 흔들고, 주인은 다시금 느긋이 걸어간다.

기를 쓰고 달려들어 활동하는 연말 거리에 이 신사가 어떻게 이토록 초연한지를 말할 생각은 없다. 단지 부러운 마음에 한숨을 내쉬며 긍지 높은 신사와 사랑으로 맺어진 강아지의 뒤를 꽤 오랫동안 쫓아갔음을 고백할 뿐이다.

지금 작업실 밖에 선전차 소리가 요란하다. 드디어 세밑이다. 어째서인지 소름이 끼쳐 책상 앞에서 몸을 움츠린다. 나는 갓난아기를 등에 업고 비를 맞으며 걸어가는 남자요, 아줌마를 집에서 만났지만 목적을 이루지 못한 채 아이를 데리고 헛되이 돌아가는 젊은 부인이다. 만약 글을 쓰려고 사실을 왜곡하거나 과장한 거 아니냐고 묻는 사람이 있다면, 연말 초읽기를 느껴본 적 없는 행복한 그러나 불우한 낙천가이리라. 그런 사람은 이미 늘 복되기에 새해 복 많이 받으세요, 라고 말해도 비아냥이 되지 않는다.

" 손님 부르는 스피커나

점원 목소리가 달려든다.

초읽기에 들어가는

소리이자 색깔이자 글자다. "

야마모토 슈고로

> **"** 춥고 만사가 귀찮아
>
> 화로에서
>
> 손을 떼지 못하겠다. **"**

화로

나쓰메 소세키 夏目漱石

1867년 도쿄도 출생. 1893년 도쿄대 영문과를 졸업한 뒤 교편을 잡으며 하이쿠 동인으로 활동했다. 1900년 국비 장학생으로 2년간 영국으로 유학, 타지에서의 가난한 생활은 그에게 신경쇠약과 우울증을 남겼다. 1903년 귀국해 대학에서 영문학을 가르치던 중 1905년 『나는 고양이로소이다』를 연재해 극찬받았다. 이후 『도련님』, 『한눈팔기』 등 걸작을 다수 남기며 '국민 작가'로 자리매김했다. 오랫동안 신경쇠약과 위궤양에 시달리면서도 마지막까지 펜을 놓지 않다가 1916년 12월 9일 마흔아홉 살에 생을 마감했다.
「화로」는 1909년 1월부터 3월에 걸쳐 '긴 봄날 소품'이란 제목으로 연재한 다섯 번째 글이다.

깨어나 보니 어젯밤에 안고 잠들었던 손난로가 배 위에서 차갑게 식어 있었다. 조붓한 유리창 너머로 밖을 내다보니 무거운 하늘이 너비 90센티미터쯤 되는 납덩이처럼 보였다. 위통은 꽤 가셨다. 큰맘 먹고 이부자리에서 일어나자 생각보다 추웠다. 창문 아래 어제 내린 눈이 그대로 남아 있다.

목욕탕은 얼음이 꽁꽁 얼어 반짝인다. 수도는 얼어붙어 꼭지가 돌아가지 않는다. 가까스로 온수 마찰을 끝내고 거실에서 홍차를 찻잔에 따르는데 두 살배기 아들이 언제나처럼 울기 시작한다. 아이는 그저께도 온종일 울었다. 어제도 내내 울었다. 아내에게 왜 그러냐고 물었더니 별일 아니라며 추워서 그렇단다. 어쩔 수 없는 일이다.

과연 칭얼칭얼하는 모양새가 아프지도 괴롭지도 않은 것 같다. 그래도 울 정도면 어딘가 불안한 구석이 있을 텐데. 듣고 있자니 결국 이쪽까지 불안스럽다. 어떨 때는 얄밉다. 큰소리로 야단칠까 싶다가도 꾸짖기에는 너무 어린 듯해 그냥 참고 넘긴다. 그저께도 어제도 울어댔건만 오늘까지 진종일 그러리라고 생각하니 아침부터 기분이 좋지 않다. 위 상태가 나빠서 요즘은 아침밥을 거르기에 홍차 담긴 찻잔을 들고 서재로 피했다.

화로에 손을 쬐며 몸을 녹이는데 저쪽에서 아이가 또 울어댔다. 그사이 연기가 날 만큼 손바닥만 뜨거워졌다. 등에서 어깨까지는 지독하게 추웠다. 발끝은 얼음장같이 차서 아플 정도였다. 하는 수 없이 꼼짝 않고 있었다. 조금이라도 손을 움직이면 어딘가 차디찬 곳에 닿는다. 가시라도 만진 것처럼 신경이 곤두선다. 고개를 옆으로 돌릴 때조차 목덜미가 옷깃에 싸늘하게 미끄러져서 견디기 힘들다. 사방에서 추위의 압박을 받으며 5평 남짓한 서재 한가운데 앉아 몸을 움츠렸다.

서재는 마루방이다. 의자를 써야 마땅하지만 융단을 깔고 일반 다다미방이라 상상한다. 그런데 깔개가 모자란 탓에 주변 60센티미터쯤 매끈매끈한 마루가 고스란히 드러나서 번들거린다. 가만히 마루를 바라보며 얼어붙은 채 아들의 울음소리를 듣는다. 도저히 일할 용기가 나지 않는다.

아내가 시계를 좀 빌려 쓴다며 서재에 들어와서는 눈이 온다고 알려준다. 밖을 내다보니 어느새 가랑눈이 내린다. 바람도 없는 흐린 하늘에서 잠잠히 서둘지 않고 차갑게 떨어진다.

"이봐, 작년에 아이가 병나서 난로에 불을 지폈을 때 숯값이 얼마나 나왔더라?"

"월말 정산으로 28엔 냈어요."

그 대답에 나는 난로를 포기한다. 난로는 뒷마당 헛간에 굴러다니는 형편이다.

"있잖아, 애 좀 조용히 시킬 수 없을까?"

아내는 어쩔 수 없다는 표정을 지으며 말했다.

"참, 마사 아주머니가 배가 아프시다네요. 엄청 고통스러워 보이던데 하야시 선생님에게 와서 봐달라고 할까요?"

집에서 일하시는 마사 아주머니가 이삼일 몸져누워 있단 사실은 알았어도 그렇게 심각한 줄은 몰랐다. 얼른 의사를 불러야겠네, 라고 재촉하듯 말하자 아내는 그러겠다고 대답하며 시계를 들고 나갔다. 밖에서 장지문을 닫다가 아무래도 이 방은 너무 춥다니까, 하고 혼잣말했다.

아직 손이 곱아 일할 마음이 안 든다. 사실을 말하자면 할 일이 산더미다. 원고도 한 회분 써야 하고, 모르는 청년한테 받은 단편소설 두세 편도 봐야 한다. 어떤 작가가 쓴 작품을 소개장과 함께 잡지사에 보내주기로 한 약속도 지켜야 한다. 요 두세 달간 다 읽을 작정이었지만 읽지 못한 책이 옆에 수북이 쌓여 있다.

지난 일주일 동안 일할 생각으로 책상 앞에 앉을라치면 사람이 찾아왔다. 다들 뭔가 상담할 거리를 들고 오는 데다 위까지 아팠다. 그나마 오늘은 상황이 좋은 편인데, 아무리 생각해도 너무 춥고 만사가 귀찮아 화로에서 손을 떼지 못하겠다.

그때 현관에 인력거가 서는 소리가 들렸다. 부엌일 하는 아이가 와서 친구분이 오셨다고 전했다. 나는 화로 옆에 웅크리고 앉아 눈만 치켜뜨곤 서재로 들어서는 나가사와를 올려다보며 "추워서 못 움직이겠어"라고 말했다. 나가사와는 주머니에서 편지를 꺼내 이달 15일은 구정이니 꼭 돈을 마련해달라느니 뭐라느니 하는 내용을 읽어 내려갔다. 변함없이 돈 이야기다. 나가사와는 12시가 지나서 돌아갔다.

여전히 못 견디게 추웠다. 차라리 뜨거운 물에 몸을 담그면 기운이 날까 싶어 수건을 챙겨 현관으로 나가다가 "실례합니다" 하며 들어오는 요시다와 딱 마주쳤다. 객실로 들여 온갖 신세타령을 들어주는데 요시다가 눈물을 뚝뚝 흘리며 울음을 터뜨렸다. 안채에는 의사가 왔는지 뭔가 어수선했다. 요시다가 겨우 돌아가자 아이가 다시 울어댔다. 결국 목욕탕을 향해 나섰다.

목욕하고 나자 비로소 몸이 따뜻하게 풀렸다. 개운해져 집으로 돌아와 서재에 들어가니 양등이 켜져 있고 커튼이 쳐져 있다. 화로에는 새로 자른 숯이 가득하다. 나는 방석 위에 털썩 앉았다. 아내가 안채에서 "춥죠?" 하며 메밀 면수를 가져다주었다. 마사 아주머니는 어떠냐고 물으니 어쩌면 맹장염일지도 모른다네요, 라고 대답했다. 메밀 면수를 손에 들고 만약 상태가 더 나빠지면 병원에 입원시키는 편이 낫다고 하자, 아내도 그래야겠다며 거실로 나갔다.

아내가 사라지자 갑자기 정적이 흘렀다. 눈 내리는 밤이다. 울던 아이는 다행히 잠든 모양이다. 뜨거운 메밀 면수를 호로록 마시며 밝은 양등 아래 새로 넣은 화로 속 숯이 탁탁 타들어 가는 소리에 귀를 기울인다. 잿더미에 둘러싸인 붉은 불기운이 아련하게 흔들린다. 이따금 숯덩이 틈새에서 파르스름한 불꽃이 인다. 그 불빛에 오늘 처음으로 하루의 온기를 느끼며 점점 하얘지는 재를 5분쯤 지켜봤다.

겨울날

미야모토 유리코宮本百合子

1899년 도쿄도 출생. 1916년 열여덟 살에 시골의 삶을 묘사한 「가난한 사람들의 무리」로 데뷔, 천재 작가로 주목받았다. 1924년 자전적 소설 『노부코』를 쓰는 한편 1927년 소련에 다녀온 뒤 일본공산당에 가입하며 프롤레타리아 작가로 활약했다. 1932년 문예평론가이자 공산주의자인 미야모토 겐지와 결혼했지만, 이듬해 그가 치안유지법 위반으로 투옥되었고 자신도 검거와 석방을 거듭한 끝에 집필 금지 처분까지 받았다. 1947년 패전 후 피폐해진 사회를 여성의 시선으로 섬세하게 그려낸 『반슈평야』를 펴냈다. 집필 활동을 이어가다 1951년 1월 21일 쉰두 살에 세상을 떠났다.

「겨울날」은 미발표된 글로 『미야모토 유리코 전집 13』에 실려 있다.

추운 밤

부쩍 밤이 추워졌다. 꽤 기다란 복도를 맨발로 걸어 다니기 힘들 만큼. 방에 앉아 있는데 낮 동안 밖에 내놓은 접시꽃 화분 여섯 개를 들여놓지 않고 덧문을 닫아버린 게 생각났다. 겨우 대여섯 포기밖에 자라지 않고 누런 이파리가 늘어나는 참이라 오늘 밤 내내 차디찬 공기 속에 두면 어떻게 될지, 틀림없이 푸르고 가느다란 잎자루가 맥없이 고개를 떨구고 잎이 더욱 누렇게 시들어버릴 텐데. 글을 쓰다 말고 펜을 내려놓고 옆문을 통해 밖으로 나왔다.

안개가 짙다. 제법 춥다. 하얀 입김이 시커먼 어둠 속으로 뻗어 간다. 내 그림자가 좁은 문틈 사이로 새어 나오는 불빛에 으스스하게 일렁인다. 밤중이라 쓸데없이 싸돌아다니는 사람도 없다. 큰길에는 발소리조차 나지 않는다.

화분대 한쪽에 나란히 둔 접시꽃 화분들을 두 개씩 들어 세 번에 걸쳐 나른다. 가만 보니 한창 먹어대는 병아리를 무심코 마당에 풀어놓았을 때 쪼아댔는지 잎이 갈기갈기 찢겨 애처롭다. 두꺼운 잎 표면도 하얗게 변해 있다. 일찌감치 알아차려서 참 다행이다.

손에 묻은 진흙을 못 쓰는 종이로 닦아낸다. 그러다 저녁 때 안에 꼭 넣어달라고 부탁했건만 들어주지 않다니, 기분이 언짢아진다. 아무것도 아닌 일로 야속해하지 말고 그냥 넘기자. 섣불리 어머니에게 말해봤자 "아, 별것도 아닌 일이니까 네가 직접 하면 되겠네"라는 대답이 돌아올 게 뻔하다. 크든 작든 상관없이 자기 의견이 남에게 무시당하면 속상한 법이다.

방으로 돌아와 책상 앞에 앉아 한참 글을 쓰는데 오른손이 못 견디게 결린다. 왜 이러지, 또 류머티즘이 도지는 건가. 나이에 안 맞는 병치레가 부끄러울 따름이다.

밖에서 야경꾼이 딱따기를 치는 소리가 투명하다. 1미터쯤 떨어진 길모퉁이를 돌아가도 여전히 울려온다. 이쪽이 조용히 있는 만큼 방에서 제일 가까운 옆집 거실에서 나누는 대화 소리가 어이없을 정도로 또렷하게 들려온다.

야경꾼의 딱따기 소리를 들으니 "유부초밥~이요~" 하며 목청을 있는 대로 길게 뽑아내는 초밥 가게 아저씨가 떠오른다. 시골에서 갓 올라온 식모 아이가 목욕탕에서 돌아오는 길에 뭔가 이상한 것을 들고 소리치며 돌아다니는 미치광이 남자가 다가오길래 골목에 착 달라붙어 숨을 죽이고 지나가기를 기다렸다가 집으로 뛰어왔다는 이야기도 생각난다.

포렴 사이로 머리를 들이밀고 후후 불어 먹는 어묵을 한

입 맛보고 싶은 기분이 드는 때도 지금부터다. 이제 볼일이 없으면 밤에는 나가지 말아야지. 촉촉이 젖어 무거운 옷을 입고 코끝이 빨개지지는 않을까 신경 쓰며 한산한 거리를 걷다 보면 어쩔 수 없이 따끈따끈한 방구석 난로가 그립다.

서릿발

겨울날 고요는 왠지 모르게 남다른 느낌을 인간에게 선사한다. 노란 햇살이 쓸쓸히 주위를 떠돌고 뼈대만 남은 나무 그림자가 먹으로 그은 검은 줄처럼 판자벽에 비친다.

바람 한 점 없다. 나뭇잎이 바스락바스락 소리조차 내지 않는 가운데 신발 밑으로 무너져가는 서릿발 소리만이 차디차게 울려 퍼진다. 잔뜩 찌푸린 하늘에 걸린 새하얀 낮달 너머로 잿빛 구름을 한 겹 들추면 새하얀 가루눈이 가지런히 쌓여 있을까, 상상할 만한 정경이다.

올가을에 전에 없이 국화를 잔뜩 심었다. 그 국화가 서리를 맞아 시들어 보기 흉한 모습으로 울타리를 따라 죽 늘어서 있다. 갈색 뿌리 언저리 흙 속에서 연한 초록색 싹이 살짝 나온 모양새가 자못 믿음직스럽고 기특하다. 나무가 많은 정원은 봄부터 여름에 걸쳐서는 느긋하고 시원한 숲을 일부 잘라 가져온 것처럼 기분이 좋지만, 그만큼 겨울이 오면 적적하다.

싸리는 할머니 머리채처럼 갈색빛으로 물들어 가느다랗게 오그라들고 서로 엉켜 꾸깃꾸깃하다. 벽오동나무는 잎사귀가 몽땅 떨어져서 얼빠진 커다란 몸으로 말없이 우두커니 서 있다. 그 아래 조릿대는 누런 털실 뭉치처럼 나뒹군다.

빈틈투성이 풍경을 배경으로 운동장 딸린 작은 집에서 푸성귀를 쪼아 먹던 닭이 슬쩍 빠져나온 모양이다. 무심코 바라본 새하얀 몸통과 불처럼 빨간 볏이 아름답다. 새를 노리는 길고양이가 발에 온통 흙을 묻히고 꼬리를 오므린 채 묘한 눈을 하고 어슬렁어슬렁 지나간다. 너무 꾀죄죄하고 초라한 행색이라 쫓아낼 마음도 안 든다.

자빠질 듯한 발밑을 조심조심 걸어 정원을 한 바퀴 돌면, 부유스름한 온실 유리 너머 금귤나무에 달린 샛노란 열매가 어렴풋이 꽃처럼 보인다. 열매가 파랬을 때 사 왔는데 어느새 다 무르익었다. 일고여덟 살 무렵이었다. 금귤을 가장 좋아하던 나는 할머니와 함께 아사쿠사에 갈 때마다 실로 짠 망에 담긴 금귤을 꼭 사달라고 해서 먹곤 했다.

" 노란 햇살이

쓸쓸히 주위를 떠돌고

뼈대만 남은 나무 그림자가

먹으로 그은 검은 줄처럼

판자벽에 비친다. "

미야모토 유리코

동짓날

구보타 우쓰보 窪田空穂

1877년 나가노현 출생. 고등학교 시절부터 단가를 짓기 시작해 1904년 와세다대 문학과를 졸업한 뒤 다카무라 고타로 등과 함께 동인지를 창간해 활동했다. 1907년 『문장세계』에 소설을 발표하는 한편 교도통신사 기자로 일하며 자연주의 문학에 심취했다. 1913년부터 등산을 즐기며 『일본 알프스 종주기』 등을 써서 산악문학 붐을 일으켰다. 1920년 와세다대 국문과 교수로 임용, 『겐지이야기』 같은 고전문학을 새롭게 해석하고 단가 작법을 정리했다. 국문학자로서 명성을 쌓은 끝에 1958년 문화공로자로 선정됐다. 1967년 4월 12일 아흔 살에 세상을 떠났다.

「동짓날」은 1951년 1월 출간된 『한낮 벌판』에 실린 글이다.

12월 22일, 겨울 햇살이 눈부시게 비쳐도 부쩍 날씨가 추워졌다. 오후에 A군이라는 청년과 중년 연배의 사람이 볼일이 있어 집에 찾아왔다. 일을 다 끝내고 나서 "오늘 드디어 단호박을 먹는 날이네요"라고 연말 인사 기분으로 말을 건넸다. 그러자 A군이 갑자기 웃음을 터뜨리며 이야기했다.

"몇 년 전 일인데요, 당시 자주 놀러 가던 농가에서 동지를 앞두고 단호박을 보내왔더라고요. 전 그걸 보고 뭐야, 철 지난 끝물 단호박 따위를, 맛도 없을 텐데 하며 짜증을 냈더랬죠. 그때까지 동짓날 단호박찜을 먹은 적이 없어 미처 몰랐거든요."

"부모님 모두 니가타현 출신이라고 했었죠?"라고 묻자 A군은 고개를 끄덕였다. 동짓날 단호박찜 먹는 풍습이 지방마다 달랐던가, 의문이 들었다. 나는 나가노현 태생으로 나가노에서는 어느 집이든 동짓날에 단호박찜을 먹는데, 니가타에서는 먹지 않는 모양이라 의아했다. 도쿄에서도 동짓날이면 채소 가게에서 단호박을 늘어놓고 파는 모습이 눈에 선하다.

그날 밤, 우리 집에서는 오랜 전통에 따라 단호박찜을 먹었다. 물론 신주가 놓인 선반에도 올렸다. 아내에게 "당신, 어릴 적부터 동짓날에 단호박찜을 먹었어?"라고 물었다. 아내는 도쿄 토박이고, 장인어른은 센다이시 출신이다.

"먹긴 먹었는데요. 어디에서나 다 먹는 건 아닐걸요"라고 애매하게 말했다. 며늘아기에게도 물어봤다. 도쿄 태생으로 부모님 두 분 다 미에현 사람이다. 며늘아기는 "전, 안 먹었어요"라고 대답했다. 나는 막연하나마 동짓날에는 전국적으로 단호박을 먹는다고 생각해서 지금껏 제대로 알아보지 않았다. 그렇구나, 하면서 별것 아닌 일인데도 뜻밖의 사실에 놀라움을 금치 못했다.

동짓날은 3월 3일 삼짇날, 5월 5일 단옷날과 함께 점차 사라져가는 세시풍속 가운데서도 그나마 명맥을 이어가며 소중히 여겨지는 명절이다. 명절에 대해서는 예로부터 내려오는 노래와 이야기에 수없이 나온다. 명절은 문자 그대로 계절이 바뀌는 날로 그즈음 사람은 건강을 해치기 쉽다. 이를 극복하려고 신에게 제사를 지내고 음식을 올린 다음 나머지를 자신도 먹고 가족도 먹는다. 즉 신의 도움을 받으려는 셈이다.

3월 삼짇날에 먹는 백주부터 히시모치나 아라레*, 볶은 쌀에 이르기까지 과거에는 저마다 유서 깊은 귀한 음식이었

---

* 히시모치는 녹색, 흰색, 분홍색 떡을 겹쳐 마름모꼴로 자른 절편이며 아라레는 떡을 잘게 잘라서 볶은 화과자다.

다. 5월 단옷날에는 팥소 넣은 떡을 떡갈나무 잎으로 감싼 가시와모치를 먹는다. 가시와모치는 아주 오랫동안 제 모양새를 지켜온 떡이다. 12월 동짓날에 먹는 단호박찜도 이들 못지않게 애지중지했다. 명절 음식에 쓰이는 재료는 처음 먹기 시작한 시대에서 구하기 쉬운 흔한 먹거리여야 했다. 동시에 보배롭고 맛있어 신에게 바치면 신이 기꺼이 받아들일 만해야 했다.

사전에서는 호박을 간단히 설명하고 있다. 일본을 오가던 포르투갈 무역선이 도중에 인도차이나반도 캄보디아에 잠시 들렀을 때 가져온 채소로 캄보디아Camboja를 뜻하는 포르투갈어에서 이름을 따왔단다.*

그 무렵 일본은 전국시대로 가와나카지마 전투나 오케하자마 전투가 한창이었다. 서력기원으로 말하면 1550년대 말부터 1560년대 초, 16세기 중엽이다. 호박을 심고 기르기 시작한 시기는 무로마치시대 에이로쿠 연호 때고, 먹기 시작한 시기는 아즈지모모야마시대 덴쇼 연호** 때다. 그리고 조금 지나서부터 동짓날 단호박을 잘라 팥을 넣고 단호박찜을 만들어 먹는 풍습이 생겼다.

* 일본어로 호박은 '가보차カボチャ'다.
** 에이로쿠 연호는 1588년~1570년, 덴쇼 연호는 1573년~1592년이다.

지금 우리 가족 앞에 차려진 한 그릇의 단호박찜은 아주 가마득한 옛날부터 전해오는 유물이나 다름없다. 새삼 색다른 느낌이 감돈다. A군이 말한 것처럼 지금은 그다지 맛있는 음식은 아니지만, 단맛을 맛보기 어려웠던 당시에는 단호박 단맛이 더없이 귀한 별미였을 게 틀림없다. 그야말로 신전에 올리기에 부족함이 없었으리라.

　이제 동짓날 단호박찜 먹는 풍습은 꽤 사라졌다. 오늘 우연히 그 사실을 알고 보니 단호박찜 만드는 방법도 달라졌음을 느낀다. 내 앞에 놓인 단호박찜에는 팥이 잔뜩 들어가 있다. 오히려 팥 쪽이 주가 된 꼴이다. 고향 집에서 어머니가 요리하던 방식을 본뜬 건데, 10대 초반이던 시절에 무사였던 한 노인이 아버지와 잡담을 나누다가 알려줬다고 들었던 일이 기억난다. 게다가 우리 집 단호박찜에는 새알심도 섞여 있다. 이처럼 동짓날 단호박찜을 먹는 집에서도 여러모로 변화를 가하는 형편이다.

　옛사람은 동짓날 신에게 바치는 음식으로서 단호박찜을 온 가족이 둘러앉아 먹으면 겨울철을 건강하게 보내리라고 믿었다. 하지만 내 마음속에서도 그런 믿음은 자취를 감춘 지 오래다. 이는 확실히 문화의 마이너스지 플러스는 아니다. 끊임없이 문화에 플러스하려고 애써도 그저 마이너스만

될 뿐 플러스되지 않는다. 아마 새로운 플러스는 미래의 몫이지 싶다.

팥에 파묻혀 새알심과 함께 조금밖에 없는 단호박이여. 단호박찜을 즐기며 행복감을 만끽했을 옛사람이 그리워 나는 올해도 동짓날 단호박찜을 입에 댄다. 방금 라디오 일기예보에서 내일 아침은 영하 2도라고 알려줬다. 금세 배가 불러오는 늙은이지만 한 그릇 더 먹어볼까.

사프란

모리 오가이 森鷗外

1862년 시마네현 출생. 1881년 열아홉 살에 도쿄대 의학부 본과를 졸업, 육군 군의로 채용돼 근무했다. 1884년 독일로 유학 가서 위생학을 연구하는 한편 문학과 미술에도 남다른 애정을 갖고 공부했다. 1888년 귀국한 이후 1890년 「무희」를 시작으로 「아베일족」, 『기러기』 등 일본 근대문학에 한 획을 긋는 걸작을 다수 발표했다. 또 안데르센의 『즉흥시인』, 괴테의 『파우스트』를 비롯해 외국 작품과 문학 이론을 꾸준히 번역해 문단에 소개했다. 아울러 미술에도 조예가 깊어 미술 평론에서도 활약했다. 1922년 7월 9일 예순 살에 세상을 떠났다.

「사프란」은 1914년 3월 잡지 『번홍화』에 실린 글이다.

이름을 들어도 누군지 몰라볼 때가 꽤 있다. 사람뿐만이 아니다. 사물도 마찬가지다.

어릴 적부터 책이 좋았다. 소년이 읽을 만한 잡지는커녕 이와야 사자나미*가 쓰는 동화도 없던 시대에 태어났기에 할머니가 시집올 때 가져왔다는 『백인일수』**나 할아버지가 샤미센 악기 연주에 맞춰 읊조리던 옛이야기와 요곡 줄거리를 모아 놓은 그림책 따위를 닥치는 대로 읽었다. 연을 날린 적도 없고 팽이를 친 적도 없다. 이웃 아이들과 사이좋게 놀며 친분을 쌓지도 않았다.

그렇게 점점 책을 탐독할수록 그릇에 때가 끼듯 자연스레 갖가지 사물 이름이 기억에 남았다. 이름은 알아도 실물은 모르는 반쪽짜리 지식이었다. 거의 모든 사물이 그랬다. 식물 이름도 그랬다.

아버지는 에도시대에 네덜란드 의술을 공부한 의사였다. 어린 시절부터 네덜란드어를 가르쳐주셔서 조금씩 배웠다. 문법책도 읽었다. 두 편으로 나눠 전편은 어휘를 소개했고

---

 * 이와야 사자나미(巖谷小波 1870~1933) 아동문학가이자 독일문학가로 옛이야기를 모은 『일본 동화』, 『세계 동화』을 펴냈다.
** 『백인일수』는 중세 시인 100명이 지은 일본 전통시 와카和歌를 한 수씩 모은 책이다. 와카가 궁금하다면 『날마다 고독한 날』을 추천한다.

후편은 문장을 설명했다. 읽을 때면 아버지에게 사전을 빌렸다. 두 권짜리 네덜란드어-일본어 대역사전으로 크고 두꺼운 옛날식으로 장정한 책이었다.

어느 날 한 장 한 장 넘기다가 사프란이라는 단어가 눈에 들어왔다. 아직 『식학계원』* 같은 책이 출간되던 시대라 한 자음을 빌려 네덜란드어 발음을 표기했다. 지금도 그 글자가 기억난다. 사프란이라는 세 글자 가운데 첫 자는 이제 활자에서 사라진 탓에 부수로 말하면 '삼수변氵'에 '스스로 자自'가 붙은 글자다. 다음은 '지아비 부夫', 그다음은 '쪽 남藍'자다.

"아버지, 사프란이 식물 이름이라는데 어떤 풀인가요?"

"꽃을 꺾어 말려 옷감이나 종이에 물을 들이는 풀이란다. 보여주마."

아버지는 약장 서랍에서 오그라들고 거무스름한 물체를 꺼내 내밀었다. 아버지도 생화는 본 적 없었을지도 모른다. 어쩌다 이름뿐만 아니라 실물을 볼 기회가 있었지만 말린 것밖에 보지 못했다. 이것이 사프란이란 꽃과의 첫 만남이다.

이삼 년 전, 기차로 우에노역에 내려 인력거를 타고 단고

---

* 『식학계원』은 1835년 우다가와 요안(宇田川榕庵 1798~1846)이 지은 책으로 일본 최초로 서양 식물학을 소개했다.

자카로 돌아가는 길이었다. 도쇼궁 석단에서 어스레한 하나조노 마을로 접어드는데 알뿌리에서 보라색 꽃이 막 피기 시작한 풀을 좌판 위에 늘어놓고 파는 모습이 보였다. 어린 시절 이후로 반쯤 노인이 될 때까지 사프란에 대한 지식은 별로 늘지 않았어도 식물도감에서 살아 있는 꽃을 봤기에 '어라, 사프란이네'라고 생각했다.

언제부터 도쿄에서 화초로 가꾸며 즐기기 시작했는지 모른다. 어쨌든 사프란을 파는 사람이 있다는 사실을 그날 알았다. 어디에 갔다 오는 길이었는지는 잊었다. 다만 여관을 나설 때 아침에 서리가 내려 있었다. 이미 온실 바깥에는 꽃이란 꽃은 죄다 사라지고 없었다. 애기동백이나 차나무도 꽃이 떨어진 뒤였다.

사프란에도 여러 종류가 있다는 것도 언젠가 책에서 읽었는데, 내가 본 사프란은 아주 늦게 피는 꽃이다. 극과 극은 서로 통하는 법이니 동시에 아주 빨리 피는 꽃이기도 하다. 수선화나 히아신스보다도 빨리 핀다고들 한다.

지난해 12월이었다. 집 근처 꽃집에 2전이란 가격표가 붙은 사프란이 바짝 마른 알뿌리에서 꽃 이삼십 송을 피운 채 죽 늘어서 있었다. 산책하던 발걸음을 멈추고 알뿌리 두 개를 사서 집으로 돌아왔다. 난생처음 사프란을 내 것으로 삼으며 꽃집 할아버지에게 물었다.

"할아버지, 이거 흙에 심으면 또 꽃이 필까요?"

"그럼, 잘 퍼지는 녀석이라 내년이면 열 송이쯤 필걸."

"그렇구나."

집에 오자마자 도자기 화분에 마당 흙을 조금 퍼 담아 사프란을 심고 서재에 놓았다. 꽃은 이삼일 만에 시들었다. 화분은 꾀죄죄하게 실내 먼지로 뒤덮였다. 나는 한동안 거들떠보지 않았다.

올해 1월이 되자 초록색 실 같은 어린잎이 무리 지어 돋아났다. 물도 안 주고 팽개쳐뒀건만 활기 넘치는 싱싱한 이파리가 무성했다. 식물이 움트는 힘은 깜짝 놀랄 만큼 강하다. 온갖 저항을 이겨내고 싹이 터서 자라난다. 꽃집 노인이 말한 것처럼 틀림없이 알뿌리도 점점 늘어나리라.

유리창 밖에는 서리와 눈을 헤치고 복수초가 노란 꽃을 피웠다. 히아신스와 패모도 화단 흙을 가르고 이파리가 나기 시작했다. 서재 안에는 사프란 화분이 변함없이 푸르디푸르다.

화분 흙 위에 더러운 먼지가 잔뜩 내려앉았어도 그 싱싱한 푸른색을 보면 무정한 주인도 가끔 물 정도는 주고 싶어진다. 이는 내 눈이 즐거우려는 이기주의일까. 아니면 내가 아닌 다른 사물을 사랑하는 이타주의일까. 인간이 행동하는 동기는 가로세로 얼키설키 뻗어 가는 사프란 잎처럼 자신조차 알기 어렵다. 게다가 억지로 담뱃진 핥은 개구리가 창자를 꺼내 씻듯 속속들이 들춰내고 싶지도 않다.

지금 사프란 화분에 물을 주는 것처럼 새로운 일에 손을 대면 덩달아 나선다고 한다. 손을 떼면 독선이라고 한다. 잔혹하단다. 냉담하단다. 다 타인의 말이다. 남이 하는 말에 신경 쓰다 보면 손 하나 마땅히 둘 곳이 없다.

여기까지가 사프란이라는 풀과 나와의 역사다. 사프란에 대한 내 지식이 얼마나 빈약한지 알아챘으리라. 하지만 소원한 사이도 이따금 지나가다 옷소매를 스치듯, 사프란과 나 사이에도 접점이 아예 없지는 않다. 이 이야기의 의미는 오직 그것뿐이다.

우주 속에서 지금까지 사프란은 사프란 식으로 살아왔고, 나는 내 식으로 살아왔다. 앞으로도 사프란은 사프란대로 살아갈 테고, 나는 나대로 살아가리라.

홍매

요사노 아키코 与謝野晶子

요사노 아키코는 1901년 요사노 뎃칸과 결혼한 이후 아이 열두 명을 낳으면서도 잡지 『명성』을 중심으로 활약하며 '정열의 가인'으로 불렸다. 1912년 유럽을 여행하고 돌아와선 여성 교육의 필요성을 역설하는 등 사회운동가로도 활동했다. 1927년 도쿄 서쪽 스기나미구 오기쿠보에 집을 짓고 이사했는데, 정원에 손수 꽃과 나무를 심고 키우며 사계절 운치를 즐겼다.
「홍매」는 1929년 1월 2일에 쓴 글이다.

정원에 일찍 붉은 꽃을 피운 매화나무 한 그루가 자란다. 동쪽과 남쪽에서 내리비치는 햇빛을 듬뿍 받고 북쪽이 건물에 막혀 찬 바람을 안 맞은 덕인지, 지난해 12월 중순부터 송알송알 꽃봉오리가 맺히더니 이윽고 조금씩 터지는 참이다. 빛깔은 복숭아처럼 짙은 분홍빛은 아니고 새하얀 사기그릇에 담긴 물에 연지색 물감을 살짝 푼 것처럼 밝고 귀여운 느낌을 자아내는 다홍색이다.

연말부터 연초에 이르기까지 구름 한 점 없이 상쾌한 맑은 날씨가 이어져서 매일 한 번은 정원으로 내려간다. 서릿발이 녹아 질척질척해진 잔디밭을 밟고 걸어 다니다가 친구를 찾아가는 마음으로 이파리가 다 떨어진 나무들을 올려다본다. 그러고는 마지막으로 매화나무 곁으로 와서 잠시 멈춰 서서 바라본다. 이따금 나뭇가지를 슬며시 잡아당겨 한껏 몸을 펴고 손을 치켜 뻗은 채 꽃 한 송이를 코끝에 대고 향기를 맡는다. 은은하면서도 가슴에 사무치는 맑디맑은 향이다.

중국 시인이 말한 '차가운 향기寒香'처럼 훌륭한 숙어가 일본어에 없는 게 안타깝기 그지없다. 소동파가 홍매를 보고 읊은 "차디찬 마음은 아직 봄 자태를 따르려 하지 않건만 옥처럼 고운 살갗에 까닭 없이 술기운이 올랐네寒心未肯隨春態 酒

暈無端上玉肌" 같은 뛰어난 시구는 일본 전통시에서도 현대시에서도 좀처럼 찾아볼 수 없다.

다만 소동파는 마음속에 술이 들어박혀 홍매를 보고 거나하게 취기가 오른 선녀를 떠올렸겠지만, 나는 겨울을 맞아 풀이며 나무며 죄다 시들고 말라버린 쓸쓸한 정원에서 홀로 꽃을 피워내는 매화나무가 새해 들어 열한 살이 된 막내딸 같다.

가난한 생활 속에서 자라는데도 막내딸은 기품 있게 커가고 있다. 우리 아이 가운데 막내딸만이 문학적이다. 자그마하고 마른 데다 자주 감기에 걸려 열이 나는 체질은 걱정되지만 마음씨가 곱고 독서와 창작을 즐긴다. 풍부한 상상력을 지녀서인지 본인은 즐겁게 살아간다. 일찍 부모와 헤어질 운명을 걸머진 육체적 조건이 쓸쓸할 텐데, 그 문학적 감성만이 내심 삶에서 커다란 위안일지도 모른다.

정월 초이튿날부터 바람이 심하게 불더니 붉은 꽃잎이 흩날리며 거의 떨어졌다. 때마침 막내딸은 그날 저녁부터 열이 나서 몸져누웠다. 나는 오늘 아침에도 딸이 잠든 침대 옆에 앉아 다른 사람이 보내온 연하장을 읽으며 여느 때보다 한층 더 창문 너머 매화나무를 내다봤다.

" 중국 시인이 말한

'차가운 향기寒香'처럼

훌륭한 숙어가

일본어에 없는 게

안타깝기 그지없다. "

요사노 아키코

눈 내리는 날

나가이 가후永井荷風

1879년 도쿄도 출생. 1900년 가부키 극장 전속 작가로 들어가 야학에서 프랑스어를 배우며 에밀 졸라에 심취했다. 1902년 『지옥의 꽃』을 발표해 모리 오가이에게 극찬받았다. 1903년 미국을 거쳐 프랑스에 머물다가 1908년 귀국, 이듬해 출간한 『프랑스 이야기』가 풍기 문란이란 이유로 판매 금지당했다. 1910년 게이오대 문학과 교수가 되어 『미타문학』을 창간하고 편집했다. 이후 동시대 문명에 대한 혐오감을 토로하며 탐미주의 화류소설 『묵동기담』, 산책 수필 『게다를 신고 어슬렁어슬렁』 등을 남겼다. 1959년 4월 30일여든 살에 세상을 떠났다.

「눈 내리는 날」은 1946년 9월 출간된 『찾아온 사람』에 실린 글이다.

하늘은 흐리고 바람은 없지만, 후지산 차가운 산바람이 사납게 불어대는 날보다 더한층 추위가 몸에 스며든다. 난로를 쬐고 있는데도 아랫배가 콕콕 쑤신다 싶은 날이 하루 이틀 이어지면 으레 그날 저녁부터 손꼽아 기다리던 가랑눈이 아주 가늘게 소리 없이 흩날린다. 그러면 골목길 하수구 덮개 밟는 신발 소리가 종종걸음치다가 "내리기 시작했어" 하고 외치는 여자 목소리가 들린다. 큰길을 소리치며 걸어가는 두부 장수의 굵은 목소리가 기분 탓인지 갑자기 멀고 희미해진다.

나는 눈이 오면 아직도 메이지시대*, 전차도 자동차도 없던 도쿄 거리를 떠올린다. 그 시절 도쿄 거리에 내리는 눈에는 일본 어느 지역에서도 보지 못하는 고유한 멋이 있었다. 말할 것도 없이 파리나 런던에 내리는 눈과도 전혀 다른 정취를 풍겼다. 파리 거리에서 맞는 눈은 푸치니의 「라 보엠」을 연상시킨다. 에도시대에 불린 유행가 가운데 누구나 알던 「겉옷을 감추고」라는 노래가 있다.

겉옷을 감추고 소매를 부여잡으며

* 중앙집권적인 근대국가를 수립하던 시기로 1867년부터 1912년까지를 말한다.

어떻든 오늘은 가지 마세요,
말하곤 선 채로 살창문을 밀어 살짝 열고
어머 보세요, 이 눈을.

　지금은 잊힌 옛날 노래가 눈 내리는 날이면 어김없이 떠
오르고 작은 소리로 읊조리고 싶어진다. 이 노랫말에는 군
더더기 한마디 없다. 그 자리의 절박한 광경과 내밀한 정서
가 세련된 언어와 교묘한 작법으로 그림보다 더 선명히 묘
사되어 있다. 어떻든 오늘은 가지 마세요, 라는 한 구절과
기타가와 우타마로가 그린 화첩 『청루 연중행사』 한 장면을
대조해본 사람이라면 나의 해설에 쉬이 고개를 끄덕이리라.
　나는 또다시 다메나가 슌스이의 소설 『봄철 후카가와 유
곽 정원』에서 주인공 단지로가 오랫동안 헤어져 있던 연인
아다키치를 후카가와 은신처에서 만나 옛이야기를 정답게
나누던 대목을 생각한다. 날은 저물고 눈은 내려 돌아가려
야 돌아갈 수 없고, 정이 깊어 헤어지려야 헤어질 수 없는
그 착잡한 심정을 떠올린다.
　같은 작가의 『항구의 꽃』에는 사랑하는 사람에게 버려진
여자가 남의 눈을 피해 후카가와 수로 근처 셋집 한 칸에서
살며 눈 오는 날 숯이 없어 그저 눈물만 흘리다가 찢어진 창

호지 틈으로 아는 뱃사공이 놀잇배를 저어 지나가는 모습을 보고 불러 세워 숯을 얻는 구절이 나온다.

이처럼 지난날 거리에 내리던 눈은 샤미센 음색처럼 언제나 서글픈 시름과 애처로운 연민을 자아냈다.

소설 「스미다강」을 쓰던 무렵이니 1908년 아니면 1909년이었지 싶다. 이노우에 아아라는 죽마고우와 둘이서 "매화를 보기에는 아직 좀 이르지만……" 하고 이야기를 나누며 무코지마를 가로질러 백화원에 들러 잠시 쉬었다가 다시 걸어 고토토이다리로 돌아왔다. 스미다강 주변은 이미 저녁 안개가 자욱해 강 건너 불빛이 아른거렸다. 아직 다 저물지 않은 하늘에서 잔잔히 눈까지 내렸다.

오늘도 결국 눈이 오는군, 까닭 없이 서민극에 나오는 등장인물이 된 듯했다. 옛이야기를 들을 때처럼 부드러운 정취가 가슴 한가득 솟아났다. 미리 약속이라도 한 양 두 사람 다 그대로 멈춰 서서 순식간에 어두워지는 강물을 바라봤다. 돌연 여자 목소리가 귓전을 때렸다. 고개를 돌려 보니 죠메이지절 문 앞 조그마한 찻집에서 주인이 처마 밑 걸상에 놓인 재떨이를 정리하는 참이었다. 흙마루도 있고 가게 안에는 램프가 켜져 있다.

친구가 주인아주머니를 불러 "술 한잔 마시고 싶은데 너무 늦어 민폐라면 병에 담아주세요"라고 말하자 그녀는 머리에 뒤집어쓰고 있던 수건을 벗으며 "들어오세요, 아무것도 없지만요" 하며 방석을 꺼내 바닥에 깔았다. 서른 살 언저리의 아담하고 멀쑥한 여자였다. 구운 김과 술병을 가져다주고 난 뒤 "추우시죠?"라고 상냥하게 묻더니 난로를 꺼내 옆에 놓았다.

친절하지만 거북하지 않은 접대였다. 이런 재치 있는 접객 자세는 당시에는 별로 드문 일도 아니었다. 이제는 옛 거리 풍경과 더불어 옛 인정이나 풍속도 다시 보기 힘들고 다시 만나기 어렵다. 어떤 것이든 한 번 사라지면 끝내 돌아오지 않는다. 짧은 여름밤의 꿈만이 아니다. 친구가 직접 술을 따른 술잔을 입으로 가져가면서

눈 내리는 날 마시지 않는 사람 팔짱만 끼고

라고 읊으며 내 얼굴을 쳐다보길래 나도,

술 못 마시면 허수아비처럼 그저 눈 구경

하고 돌려주었다. 마침 새 술병을 들고 온 주인에게 배 시

간을 물었더니 나룻배는 없지만 증기선은 7시까지 있다고 알려줬다. 우리는 얼마쯤 더 앉아 술잔과 노래를 주고받았다.

　배가 없으면　눈 보고 돌아가는 길　쓰러질 때까지
　뱃길 빌려서　자리잡고 앉은 채　눈 구경 하세

　그때 이것저것 적어둔 수첩은 이후 못 쓰는 종이나 원고랑 한데 묶어 강에 흘려보냈다. 하여 이제 눈이 내려도 그날 밤 일은 인정 후했던 시대와 함께 일찍 세상을 떠난 친구 모습만이 어렴풋이 기억날 뿐이다.

겨울 정서

하기와라 사쿠타로 萩原朔太郎

하기와라 사쿠타로는 '일본 근대시의 아버지'라 불리지만, 만년에는 하이쿠나 와카 등 고전시에 심취했다. 1933년 개인잡지 『생리』를 창간해 요사 부손이나 마쓰오 바쇼의 작품을 연구한 평론을 발표하는 한편 1934년 출간한 시집 『얼음 섬』에서는 고향을 상실한 방랑자의 심정을 한문 문어체로 표현해 호평받았다.

「겨울 정서」는 1934년에 쓴 글이다.

겨울이란 계절은 고요하고 쓸쓸한 자연 속에 깃든 인간의 덧없는 고독을 떠오르게 한다. 우리의 먼 조상들은 겨울이 오기 전에 굴을 파고 곰이나 여우 같은 짐승과 함께 조그맣게 몸을 웅크린 채 추위를 견디며 살았다. 굴 안에는 음식도 먹이도 거의 없었다. 어둡고 둔한 하늘 아래 자연은 얼음에 갇혀 있었다. 죽음과 잠과 영원한 침묵과.

무서운 겨울에 선조들은 무엇보다 불을 사랑했다. 사람들은 자연의 위협에 벌벌 떨면서 모닥불 앞에 모여 앉았다. 불이 새빨갛게 타들어 갈 때 몸은 따뜻해졌고 자연스레 잠이 찾아왔다. 잠시 꾸벅꾸벅 조는 동안 기분 좋은 꿈에 빠져 너나 할 것 없이 다들 어머니 품에 안기던 어린 시절을 떠올렸고 그리운 자장가를 생각했다. 어머니 품속이야말로 자연의 온갖 협박에서 외롭고 어린 그들을 보호해줬으며 겨울 모닥불처럼 포근하고 편안하게 그들을 황홀한 기분으로 감싸줬다.

문명이 진보함에 따라 인간은 자연의 위협을 정복했다. 언제나 든든한 식사와 훌륭한 난방장치가 마련된 집을 소유하고 자동차로 외출하는 현대인은 저 소슬한 자연에 몸서리치던 원시의 공포를 이제 완전히 의식과 감각에서 지워버렸다. 아스팔트 도로와 콘크리트 건물, 인공 난방장치 안에 사는 현대인에게 아마도 겨울은 계절 가운데 가장 즐겁게 놀 만한 시기가 아닐까. 크리스마스가 있고 밤 연회가 있고 연극이 있다. 끊임없이 이어지는 환락의 프로그램이 있다.

다만 태곳적 기억은 인간에게 영원히 유전한다. 모두 원시에 있던 것처럼 오늘날 인간 역시 먼 조상이 느꼈을 그 '겨울 정서'를 여전히 기억한다. 본능 깊숙한 구석에 박혀 있기에 결코 뽑아낼 수 없다.

그런 까닭으로 시인들은 예나 지금이나 서양이나 동양이나 늘 똑같은 하나의 주제 아래 똑같은 한 편의 '겨울' 시밖에 짓지 않는다. 물론 사상과 소재는 사람마다 다르지만, 근간에 흐르는 시적 정서는 같다. 보편적 인간성으로 물려받은 '한결같이 변함없는 서정'이다. 즉 고요하고 쓸쓸한 자연 속에서 의지할 데 없는 삶의 고독에 몸부림치며, 빨갛게 타오르는 모닥불 앞에 앉아 어린 시절 추억에 잠겨 어머니 품속을 그리워하는 정서.

이는 존 키츠의 시에도 퍼시 셸리의 시에도 있다. 또 에드거 앨런 포나 샤를 보들레르 안에도 겨울에 한해서는 틀림없이 서정시의 본질적 주제가 자리하리라. 특히 일본 시인으로는 요사 부손*이 천재성을 발휘하며 겨울 서정시로서 아주 뛰어난 하이쿠를 많이 남겼다.

날 싫어하나 이웃집 겨울밤에 냄비 울리네

겨울 파 사서 고목나무 숲길로 돌아왔도다

역수** 강물에 새하얀 파 떠가니 차디차구나

오래된 옛 절 질냄비 나뒹구는 덤불 속에서

달 밝은 한밤 가난한 마을 거리 지나갔노라

부손이 지은 하이쿠에서 느껴지는 서정미의 정체는 무엇일까. 뭐랄까, 어떤 그리움이다. 옛날 옛적 어머니 품속에서 깜박 겉잠에 들거나 혹은 따스한 모닥불을 그리워하는, 인간의 본바탕에 유전되는 쓸쓸한 겨울 자장가 같은 정서다. 옛사람들이 종종 '하이쿠 정취'라고 일컫던 정서의 일종이

* 요사 부손(与謝蕪村 1716~1784) 에도시대의 가인이자 화가. 여러 지방을 돌아다니며 회화성 강한 하이쿠를 다수 남겨 고바야시 잇사, 마쓰오 바쇼와 함께 하이쿠의 3대 거장으로 불린다.
** 중국에 있는 강으로, 전국시대 자객 형가가 진시황을 암살하러 가기 위해 건너며 읊은 "바람 소리 쓸쓸하고 역수 강물 차갑구나"라고 시작하는 노래로 유명하다.

긴 하지만, 부손의 하이쿠는 더 독특하고 서정적이라 사람의 감정에 깊이 스며든다.

이를테면 몹시 추운 겨울밤 이웃집에서 들려오는 밥 짓는 냄비 소리. 또는 달랑 파 하나 들고 을씨년스러운 고목 사이를 걸어 서둘러 집으로 돌아가는 사람의 뒷모습. 겨울을 배경으로 펼쳐지는 정경이 이상하리만치 적적하고 고독해 삶의 덧없음을 실감한다. 어쩐지 따뜻한 모닥불 연기가 피어오르는 고향에 대한 향수를 불러일으킨다. 생각건대 부손이란 시인은 영혼의 노스탤지어에 남다른 사모와 열정을 품고 있었다. 그는 실로 천부적인 시인이자 가장 서정적인 시인이었다.

덧붙이자면 하이쿠는 분명 서정시이니 고유한 서정성이 없으면 사이비나 다름없다. 바쇼도 부손도 모두 서정성을 위해 온 정열을 기울인 시인이었다. 하이쿠에 있어 서정성은 하이쿠 정취라 불리는 정서다. 따라서 참된 하이쿠일수록 하이쿠 정취가 물씬 풍기는 법이다. 이를 무시하며 단순히 사생이나 객관적 묘사를 하이쿠 본질로 생각하는 사람만큼 시를 모르는 가짜 시인은 없으리라.

" 어둡고 둔한 하늘 아래

자연은 얼음에 갇혀 있었다.

죽음과 잠과 영원한 침묵과. "

하기와라 사쿠타로

눈 속 장지문

시마자키 도손島崎藤村

1872년 기후현 출생. 1892년 고등학교 영어 교사로 재직하던 중 동인지 『문학계』를 창간해 시를 발표했다. 1897년 『약채집』을 비롯해 시집 네 권을 잇따라 내며 낭만주의 시인으로 인정받았다. 이후 소설 창작에 전념, 1906년 『파계』로 자연주의 문학을 대표하는 작가로 올라섰다. 1913년 프랑스로 건너갔다가 1916년 돌아와 『신생』, 『고향』 등을 선보였다. 1929년부터 1935년까지 『중앙공론』에 고향인 산속 역참 마을을 배경으로 한 역사소설 『동트기 전』을 연재해 극찬받았다. 「동방의 문」 집필을 준비하다가 1943년 8월 22일 일흔한 살에 뇌출혈로 세상을 떠났다.

「눈 속 장지문」은 1940년 3월 잡지 『도서』에 실린 글이다.

귀한 것이 내렸다. 지난해 11월부터 올해 정월 말까지 이처럼 건조한 날씨가 쭉 이어진다면 마실 물조차 모자라게 된다고들 했다. 겨우내 비 한 방울 오지 않아 마당 흙은 잿더미 같고 풀과 나무도 하마터면 말라비틀어져 죽을 뻔했던 터라 오늘 내린 눈은 소중했다. 오래 기다렸던 눈이 이제야 마을을 메우러 와준 느낌이었다.

눈 오는 밤의 고요함이란, 문밖은 소리 하나 없이 고즈넉했다. 땅에 내려 쌓여가는 눈에 깃든 고요는 단순한 정적이 아니었다. 숨이 턱턱 막힐 만큼 메마른 이 마을에 생기를 불어넣는 고요였다.

갑자기 북쪽 장지문이 환했다. 눈이 방 구석구석에 서린 어둠을 몰아낸 양. 눈이 내리면 어쩐지 기쁘니 아무리 나이 먹어도 나 같은 사람은 눈이 반가운 어린애이지 싶다. 예전에 살던 아자부 이쿠라 마을은 일대가 구릉지였던 탓에 온 동네가 비탈이 심하고 길이 꽤 가팔랐다. 산골내기인 나는 눈이 오면 어린 시절을 떠올리며 기슭에 자리한 그 집을 나와 종종 우에키언덕으로 미끄럼을 타러 달려갔다.

막 내려 쌓인 눈은 차가운 듯 보여도 실은 따뜻하다. 밟으면 기쁨이 솟는다. 내 고향은 그다지 눈이 펑펑 쏟아지는 두메산골은 아니었어도 매년 겨울이면 집 앞을 가로지르던 큰

길이 새하얀 눈길로 바뀌곤 했다. 가죽 허리띠와 삼을 묶어 만든 불자, 가문 문장이 찍힌 의복을 잔뜩 실은 짐말이 갈기며 꼬리까지 흠뻑 젖은 채 그 눈길을 오갔다. 우리 집에서 태어난 사람은 할아버지도 아버지도 다 지난날 여행자를 데려오고 데려다주는 일에 종사했기에 눈이 올 때마다 여러 기억이 떠오른다. 산속 눈길을 밟으며 일했던 먼 조상에게까지 마음이 쏠린다.

눈에는 여러 가지가 숨어 있다. 잠깐 생각해봤을 뿐인데도 환영처럼 스쳐 가는 형상이 셀 수 없을 만큼 많다. 어떤 것은 피를 흘리며 눈을 물들이고 어떤 것은 깊은 눈 속에 주저앉았다.

설경에서 펼쳐지는 움직임이야말로 옛사람들이 갖가지 형태로 알려주는 재미있는 생명 표현이다. 그 불사조 같은 「사기무스메」*의 농익은 춤이 오래된 무용 가운데 하나로 오늘날까지 남아 전해지는 이유도 눈 속에서의 동작이기 때문이다. 한겨울 정원에 핀 모란꽃을 바라보며 물떼새 우는 소리를 떠올리고 매서운 겨울 추위로 인한 괴로운 심정을 눈 속 두견새로 이어갔던 옛사람의 상상**도 그렇다.

* 1762년 초연됐으며 설중에서 백로가 여인으로 변신해 음악에 맞춰 춤을 춘다.
** 마쓰오 바쇼가 지은 하이쿠를 말한다.

가와고에시에 사시다 돌아가신 노모가 한창 꽃다운 나이였던 시절, 송설암이란 곳에서 다도를 배웠다. 그때 겨울에 어떤 곳으로 차를 끓이러 갔다는 눈 내리는 밤 이야기는 우리 집에 전설처럼 남아 있다. 다도 스승은 10년이나 여러 지방을 돌아다니며 수행한 여승으로 송설암을 이어받고 나서도 평생 검소하게 살았단다.

눈 오는 밤에도 화롯불이 꺼지지 않는 지인 곁에서 차를 내리고 오라는 스승의 말에 나이 어린 제자는 은행잎 모양으로 머리를 틀어 올렸는지 어쨌는지 검소한 옛날 옷차림으로 끊임없이 하얀 솜처럼 쏟아지는 눈 속을 서둘러 걸어갔다. 눈의 정취에 마음이 뺏긴 나머지 버선이 젖는 줄도 모르고. 밤새 내린 눈을 밟으며 가는 어린 여인의 발은 필시 하얗게 빛났으리라.

네, 네 하여도 자꾸만 두드리네 눈 쌓인 대문*

그야말로 이런 경지다. 옛사람들은 눈 오는 밤 이런 생각을 했다.

* 바쇼의 제자인 무카이 교라이(向井去來 1651~1704)가 지은 하이쿠.

등화절

가타야마 히로코片山廣子

1878년 도쿄도 출생. 어린 시절부터 문학에 관심이 많아 도요에이와여학교에서 영문학을 공부했다. 1896년 졸업 후 가인으로 활동하는 한편 아일랜드 문학에 심취해 버나드 쇼, 예이츠, 오거스타 그레고리 등의 작품을 번역했다. 1916년 가집 『물총새』를 출간한 이후 아일랜드 극작가 던세니와 싱의 희곡을 번역해 모리 오가이에게 극찬받았다. 1924년 아쿠타가와 류노스케와 깊은 문학적 교류를 통해 한때 사랑의 감정을 느끼기도 했다. 만년에 낸 『등화절』이 1954년 일본에세이스트클럽상을 수상했다. 1957년 3월 19일 일흔아홉 살에 세상을 떠났다.

「등화절」은 1953년 6월 출간된 『등화절』에 실린 글이다.

요전에 읽은 이야기 속에 등화절Candlemas이란 단어가 나왔다. 2월 며칠인지 날짜도 모른 채 읽다가 오늘 사전에서 찾아보니 "등화절 2월 2일, 구교에서는 이날 촛불 행렬을 이루며 1년 동안 쓸 양초의 부정을 없애 깨끗하게 하는 풍습이 있음"이라고 적혀 있다.

그때 읽던 글은 성녀 브리지다의 이야기였다. 그녀는 2월에 태어난 사람으로 오래된 게일계 켈트 문화에서는 '세인트 브리지다의 날'에 봄이 온다고 해서 때맞춰 등화절에 봄을 맞이하는 축제를 열고 축복한 모양이다. 켈트 신화에서 그녀는 촛불뿐만 아니라 모든 불을 지키는 수호신이기도 하다.

「켈트의 마리아 브리지다」라는 그레고리 여사*가 쓴 전설담 첫머리를 보면 "브리지다는 봄날 첫 해가 뜰 때 태어났다. 어머니는 콘노트의 종이었다. 하늘의 사자가 그녀에게 세례를 베풀며 브리지다라는 이름을 붙였다. 불을 붙여 쏘는 활이란 뜻이었다."

또한 피오나 맥레오드의 「해변의 성녀 브리지다」라는 글에서는 '2월의 아름다운 여인', '따뜻한 불의 성녀', '해변의 성녀' 이렇게 세 가지 호칭으로 적고 있다. 이때는 양육의 어

---

* 오거스타 그레고리(Augusta Gregory 1852~1932) 아일랜드 극작가. 아일랜드 문예 부흥에 앞장서며 구전되던 켈트 신화를 문자로 옮기는 작업을 진행했다.

머니 브리지다나 가정을 지키는 성녀 브리지다 같은 기독교 향기가 풍기는 한 사람의 여성과는 달리, 그보다 훨씬 오래된 시대에서 게일족이나 그 이전 민족이 숭배하던 '불과 시의 여신 브리지트'가 한데 엮여 있다고 말한다.

켈트의 드루이드* 사제는 그녀를 한 손에는 작고 노란 불꽃을 들고 다른 한 손에는 불처럼 빨간 꽃을 든 '아침의 딸'로 경배했다. 불이 없으면 인간도 동굴에 사는 들짐승과 똑같은 존재였을 테다.

오늘날도 봄이 찾아올 때마다 '2월의 아름다운 여인'은 부활한다. 마음속에서 옛날 옛적 위대한 모습은 사라졌어도 어린 예수를 하룻밤 품에 안고 자장가를 부르던 어머니로서, 인간 가정에 놓인 요람을 밤이든 낮이든 지키는 성녀로서, 온 자연이 90일 겨울잠에서 깨어남을 알리는 여신으로서. 사람들은 봄이 태어나는 기쁨과 함께 2월 초에 태어난 그녀를 사랑한다.

대서양의 회색 파도, 차디찬 구름과 안개로 뒤덮인 아일랜드 해안이나 바다 한가운데 섬에 처음 봄이 찾아올 때, '해변의 성녀 브리지다'도 찾아올 전조가 보인다. 바로 민들

* 고대 켈트족 종교였던 드루이드교에서 신의 의사를 전하는 존재.

레, 새끼 양, 바닷새. 바닷새는 보통 붉은부리갈매기라고 불리는 새다. 아주 먼 옛날부터 봄이면 맨 먼저 길가에 노란 꽃을 피우는 민들레는 성녀 브리지다의 꽃으로 불린다.

2월 브리지다의 계절이면 양치기들은 안개 속에서 엄청나게 많은 새끼 양 울음소리를 듣곤 한다. 암컷 양 소리가 섞여 있지 않으면 성녀가 지나간다는 징표로, 머지않아 이 땅 위 언덕이나 들판에서 태어날 수많은 새끼 양을 데리고 오는 중이라고 믿는다.

서해안이나 먼바다 외딴 섬에 사는 어부들은 굴 사냥꾼이라 불리는 바닷새 붉은부리갈매기가 연거푸 울어대는 소리를 오랜만에 들으면 기뻐서 신바람이 난다. 어마어마한 물고기 떼가 해변으로 몰려온다는 징조다. 동시에 남풍도 불어오기에 희미하게나마 풀 위에 푸른 빛이 보이고 작은 새들이 어디선가 마른 잔가지를 구해 온다. 그렇게 새들이 부르는 노래가 들리고 온 세상은 새로운 기쁨에 들뜬다. 해변의 성녀가 나타났다는 표시다.

성녀는 나그네의 환희라는 별명을 가진 길가에 핀 노란 민들레를 가슴에 꽂는다. 그리고 그녀가 민들레꽃을 밝은 공기 속에 던져야 초록빛 세계가 드러난다.

북쪽과 동쪽에서 잿빛 바람이 세차게 몰아치는 먼바다

외로운 섬에서 살아가기란 쉽지 않은 일. 해안으로 흘러드는 나무 한 그루도, 석탄 한 줌도, 갖가지 작은 물고기가 뒤섞인 어획물도 모두 눈물겨울 만큼 소중한 필수품이다. 그 해안에 나야, 나야 하며 끼룩끼룩 우는 바닷새 소리가 들릴 때 섬사람들은 되살아나는 희열을 느낀다. 바닷새는 날카로운 고음으로 나야 끼룩, 나야 끼룩 하고 줄기차게 운다. 그 순간 성녀가 해변을 걸어간다. 거친 바닷가나 외딴 섬의 이야기다.

좀 더 풍요로운 농촌 가정에서도 '2월의 아름다운 여인' 노란 머리의 친절한 성녀에게 기도를 드린다. 성녀는 요람에 누운 아이를 향해 허리를 굽힌다. 아기가 미소 지을 때, 엄마는 성녀 얼굴을 바로 눈앞에서 본다고 한다.

지금 나는 추위에 몸을 잔뜩 움츠린 채 이제 며칠 지나면 봄이 올까 날짜를 손꼽아 세며 2월 초를 기다린다. 그사이 옛날 머나먼 서쪽 나라에서 태어난 2월의 딸 브리지다를 떠올린다. 축일이라는 2월 2일 등화절과 함께.

" 풀 위에 푸른 빛이 보이고

작은 새들이 어디선가

마른 잔가지를 구해 온다. "

가타야마 히로코

눈

미요시 다쓰지 三好達治

1900년 오사카부 출생. 1922년 교토대 문과에 입학, 시를 짓기 시작했다.
졸업 후 도쿄대 불문과에 들어가 프랑스문학을 공부하는 한편 잡지 『청공』
에 시를 발표했다. 1929년 보들레르의 산문시집 『파리의 우울』을 번역해 호
평받았다. 1930년 첫 시집으로 서정성 짙은 『측량선』을 출간해 큰 인기를 끌
었다. 이후 왕성한 창작열로 열 권 남짓한 시집을 발표하며 '국민 시인'으로
올라섰다. 「눈」, 「돌계단 위」 등 다수 작품이 국어 교과서에 실릴 정도. 1952
년 전쟁 후 사회를 풍자한 시집 『낙타의 혹에 올라타고』를 선보였다. 1964년
4월 5일 예순네 살에 세상을 떠났다.
「눈」은 1930년 12월 출간된 『측량선』에 실린 시다.

다로를 재우고 다로네 지붕에 눈이 쌓인다.

지로를 재우고 지로네 지붕에 눈이 쌓인다.

3장, 봄.

제자리걸음

가네코 미스즈金子みすゞ

1903년 야마구치현 출생. 고등학교 졸업 후 집에서 운영하던 서점 일을 돕다가 1923년 네 개 잡지에 시가 동시에 실리며 시인으로 데뷔했다. 이후 맑은 언어로 자연을 노래한 「풍어」, 「이슬」을 잇따라 발표하는 한편 1926년 이즈미 교카, 시마자키 도손 등이 몸담았던 '동요시인회'에 최연소 회원으로 가입했다. 같은 해 결혼해 딸을 낳았지만 남편과의 불화와 병으로 괴로워하다 1930년 3월 10일 스물일곱 살에 자살했다. 사후 1984년 아동문학가 야자키 세쓰오가 전집을 출간해 재조명받았다. 대표작인 「나와 작은 새와 방울과」는 교과서에 수록되고 동요로도 만들어졌다.

「제자리걸음」은 미발표된 시다.

고사리 모양 구름이 뜨고,
하늘에는 봄이 왔어요.

혼자 푸른 하늘을 보고 있다가,
홀로 제자리걸음을 해요.

홀로 제자리걸음을 하고 있다가,
혼자 웃음을 터뜨려요.

혼자 웃고 있으니,
누군가 웃음을 터뜨려요.

탱자나무 울타리에 싹이 트고,
오솔길에도 봄이 왔어요.

봄날 밤은

아쿠타가와 류노스케 芥川龍之介

아쿠타가와 류노스케는 1926년부터 프롤레타리아문학이 대두되던 시대에 적응하지 못해 극심한 스트레스에 시달렸다. 병약했던 체질에 신경쇠약까지 겹쳐 수면제를 먹지 않으면 잠들지 못할 만큼 건강이 나빠진 데다 이듬해 매형의 빚까지 떠안은 그는 「톱니바퀴」를 비롯해 자기 삶을 무자비하게 조롱하며 야유하다 결국 죽음에 이르는 소설을 다수 집필했다.
「봄날 밤은」은 1927년 4월 잡지 『중앙공론』에 실린 글이다.

하나

콘크리트 건물이 늘어선 마루노우치 뒷골목을 걷고 있었다. 뭔가 냄새가 풍겼다. 뭐지……? 그래, 채소 샐러드 냄새다. 주변을 둘러봤다. 하지만 아스팔트 도로에는 쓰레기통 하나 보이지 않았다. 과연 봄날의 밤다웠다.

둘

U: 자네는 밤이 무섭지 않나?

나: 딱히 무섭다고 느낀 적은 없는데.

U: 난 무서워. 어쩐지 커다란 지우개를 씹는 듯한 기분이 들거든.

이것도, 이 U의 말 역시 정말이지 봄날의 밤다웠다.

셋

중국인 소녀 한 명이 전차에 올라타는 모습을 바라봤다. 계절을 파괴하는 전등불 아래였음에도 틀림없이 봄날 밤이었다. 소녀는 나를 등지고 전차 승강구에 발을 올리려는 참이었다. 담배를 입에 문 채 우연히 소녀의 귀뿌리에 낀 때를 발견했다. 때라기보다는 '얼룩'에 가까웠다. 전차가 떠난 뒤에도 이 귀뿌리의 때에서 뭔가 따스함을 느꼈다.

넷

어느 봄날 밤, 길가에 멈춰 선 마차 옆을 지나고 있었다. 말은 호리호리한 백마였다. 스쳐 지나가는데 말 목덜미를 만지고 싶은 유혹이 일었다.

다섯

이 또한 어느 봄날 밤의 일이다. 나는 거리를 걸어가며 상어알을 먹고 싶다고 생각했다.

여섯

봄날 밤 공상. 언젠가 카페 쁘랭탕* 창문이 넓은 목장으로나 있었다. 그 목장 한복판에는 통구이 된 닭 한 마리가 고개를 늘어뜨린 채 뭔가를 궁리했다.

일곱

봄날 밤. "야스 군**이 푸른 똥을 쌌습니다."

---

* 프랑스어로 '쁘랭탕printemps'은 봄, 봄철이라는 뜻이다.
** 당시 두 살이던 셋째 아들 아쿠타가와 야스시를 가리킨다.

여덟

어느 3월 밤, 펜을 내려놓고 잠시 쉬다가 문득 니켈 회중시계가 빨라졌음을 알아챘다. 옆방 벽에 걸린 괘종시계는 10시를 가리키는데, 회중시계는 10시 30분을 가리킨다. 회중시계를 탁자 위에 올려놓고 조심스레 바늘을 10시로 돌렸다. 다시 펜을 들었다. 시간이란 이럴 때는 의외로 늦게 흐르는 법. 괘종시계가 이윽고 11시를 알렸다. 펜을 쥔 채 회중시계를 쳐다봤다. 이번에는 신기하게도 12시를 가리켰다. 회중시계는 따뜻해지면 바늘이 빨리 돌아가는 걸까?

아홉

누군가 의자 위에서 손톱을 손질한다. 누군가 창문에 레이스를 건다. 누군가 마구 꽃을 뜯는다. 누군가 몰래 앵무새를 목 졸라 죽인다. 누군가 작은 레스토랑 뒤편 굴뚝 아래서 잠잔다. 누군가 범선 돛을 올린다. 누군가 부드러운 흰 빵으로 목탄화 선을 지운다. 누군가 가스 냄새 속에서 삽으로 진흙을 퍼낸다. 누군가…… 아니, 포동포동 살찐 신사 한 명이 『시운함영이동변』*을 펼치며 아직껏 봄밤 시를 생각한다.

---

* 『시운함영이동변』은 한자 운을 분류해 순서대로 배열한 한시 짓기용 사전이다.

" 벚꽃을 보면
개구리 알 덩어리가
떠올라요. "

깨나른한 봄 낮

다자이 오사무 太宰治

다자이 오사무는 1938년 스승 이부세 마스지의 소개로 고등학교 교사였던
이시하라 미치코를 만나, 이듬해 1월 결혼식을 올리고 처가가 있는 야마나시
현 고후에 셋집을 얻어 신혼살림을 차렸다. 결혼 후 창작에 매진하도록 온 힘
을 다하는 아내의 내조에 힘입어 정신적인 안정을 찾았고, 그해 가을 도쿄로
올라와 걸작을 다수 발표했다. 결혼할 때 다자이는 스승에게 "다시 파혼한다
면 나를 미치광이로 여기고 버리세요"라는 서약서를 쓰기도 했다.
「깨나른한 봄 낮」은 1939년 6월 잡지 『문장』에 실린 글이다.

고후 변두리에 임시 거처를 마련하고 도쿄로 빨리 돌아가려 애써보지만 좀처럼 마음대로 되지 않는다. 벌써 반년 가까이 흘렀다. 오늘 아침은 날씨가 맑아 아내와 처제를 데리고 다케다신사에 벚꽃을 보러 갔다. 장모님한테도 같이 가시자고 했더니 배가 좀 아프다며 집에 남겠다고 하셨다.

다케다신사는 다케다 신겐*을 모시며 매년 4월 12일에 큰 축제를 연다. 때마침 그 무렵이면 경내에 벚꽃이 활짝 핀다. 4월 12일은 신겐이 태어난 날이라는 둥 죽은 날이라는 둥 집사람과 처제가 뭔가 사연 깊은 듯 설명하는데, 나에게는 이상하게 느껴진다. 벚꽃이 활짝 피는 날과 태어난 날이 이토록 딱 맞아떨어지다니, 어쩐지 수상하다. 거짓말 같다. 신관이 꾸며낸 이야기가 아닐까, 의심이 든다.

벚꽃은 흐드러지게 피어 있었다.

"피다가 말다가."

"아니, 지다가 말다가."

"아니에요, 지다가 지~지다가."

다 같이 웃음을 터뜨렸다. 축제 전날은 맑고 깨끗하며 생기 있고 잔잔한 긴장감이 돌아서 좋다. 경내는 먼지 하나 없

---

* 다케다 신겐(武田信玄 1521~1573) 전국시대 무장으로 당대 최고 전략가로 불리며 민간설화나 문학작품의 주인공으로 자주 등장한다.

이 깔끔하게 비질한 상태였다.

"전람회 초청날 같아. 오늘 오길 잘했네."

"난 벚꽃을 보면 개구리 알 덩어리가 떠올라요."

아내는 풍류를 모른다.

"그거 안 됐네. 괴롭잖아."

"네, 엄청. 정말 난감해요. 되도록 떠올리지 않으려고 하지만. 그 알 덩어리를 한번 보고 났더니 머릿속에서 영 떠나질 않네."

"나는 소금산을 떠올리는데."

이 역시 그다지 풍류가 있다고는 말할 수 없다.

"개구리 알보단 낫네요."

처제가 말했다.

"저는 새하얀 얇은 종이가 떠올라요. 벚꽃은 향이 전혀 없으니까."

향기가 나는지 안 나는지 잠시 멈춰 서서 가만히 맡아보는데, 향기보다 먼저 등에의 날갯소리가 들려왔다. 꿀벌의 날갯소리일지도 모른다.

다자이 오사무와 오다 사쿠노스케는 문학 동지이자 술친구였다.
그들이 즐겨 찾던 카페 '루팡'에서.

나의 5월

미야모토 유리코宮本百合子

미야모토 유리코는 1924년 러시아문학자 유아사 요시코와 공동생활하며 러
시아문학과 공산주의 사상에 매료됐다. 당시 서민들이 처한 가혹한 사회 상
황을 묘사한 「미개한 풍경」, 「거리」 등을 발표하는 한편 메이데이 집회에 참
가하기도 했다. 1927년 12월 요시코와 함께 소련으로 건너가 한동안 모스크
바에 머물다 베를린, 파리, 런던을 거쳐 1930년 귀국해 프롤레타리아 작가
로 활약했다.

「나의 5월」은 1927년 5월 잡지 『개조』에 실린 글이다.

5월은 상쾌한 남자아이. 팔팔한 어린 몸이 벌거벗은 채 머리카락을 깃발처럼 바람에 휘날리고 초록빛 잔가지를 휘두르며 달려간다. 생기가 충만하고 맑은 감각이 빛난다.

5월은 가까운 골목길에도 있다. 집 담장을 따라 오른쪽으로 한 번, 또 한 번 돌면 수줍은 5월 보물이 사람 눈을 피해 가로놓여 있다. 오른쪽도 산울타리, 왼쪽도 산울타리, 고작 폭이 90센티미터쯤 되는 샛길이 이어지는데 5월이면 그 작은 길은 초록 왕국이 된다. 높은 곳에는 떡갈나무며 홍가시나무의 어린잎, 벚나무며 단풍나무가 우거지고 땅바닥에는 황매화나 들장미가 무리 지어 자라며 초록색 변주곡을 연주한다. 거기에 덥수룩한 줄기를 하늘에서 비스듬히 기울인 후기인상파 그림 같은 버드나무가 풍성한 잎사귀를 늘어뜨린다.

쾌청한 오후 2시께 사람 소리 하나 안 들리는 그 샛길을 걸으면 뭐라고 해야 할까. 붉은빛을 띤 초록, 노란빛이 도는 초록, 푸른빛을 띤 초록, 부드러운 은빛이 도는 초록 등등 갖가지 초록이 자아내는 청순한 향기로움이며 무게감이며 찬란함이 한데 어우러져 일제히 감각에 넘쳐흐른다. 고요로 가득 찬 숭고함이다.

고귀하도다 푸른 잎 어린잎에 어리는 햇빛

북쪽 지방의 5월은 해거름이 길다. 이제 태양은 강 저편
으로 넘어갔다. 어슴푸레한 석양빛이 공중에 남아 하늘을,
건물을, 사람 색채를 이상하리만치 또렷하게 부각시킨다. 거
리는 네덜란드 델프트도자기 속 그림처럼 사랑스럽고 아름
답다. 끈적끈적한 초록빛 가로수, 갑작스레 펼쳐지는 아기자
기한 벽돌색 건물 파사드, 차도를 미끄러져 가는 꿈같은 레
몬색 시트로엥 자동차, 여인이 머리에 쓴 빨간 모자. 그리고
이 모든 색조를 다잡는 산책하는 남자의 검은 옷차림.

사람들은 마음을 누군가에게 빼앗긴 것처럼 걷는다. ……
걷는다. 담배 연기, 느릅나무 새잎 향기, 수많은 창문이 5월
저녁을 향해 열려 있다. 이윽고 강에서 안개가 피어오른다.
가로등이 철 기둥 꼭대기에서 불빛을 번쩍이기 시작한다.
아주 잠깐 시민의 마음을 스쳐 가는 아련히 애수 어린 밤
이, 고가 철교 휘슬러*풍 다릿기둥 사이로 다가온다.

그런 저물녘에 연못 하나. 가장자리 푸른 풀 사이로 연못
을 바라보니 물 위에 자작나무 그림자가 푸르고 희게 비친

* 제임스 휘슬러(James Whistler 1834~1903) 화가로 어슴푸레한 황혼 풍경을 회색
과 청색 색조만으로 은은하게 표현한 '야상곡' 연작이 유명하다.

다. 꽃 피지 않은 수련도 떠다닌다. 백조가 한 마리 보인다. 건너편 외나무다리 아래에 있다가 이쪽을 향해 헤엄쳐 온다. 졸린 듯한 물이 강철색으로 번져간다. 이제 푸른 풀 너머 연못은 나무와 나무 사이를 채우는 보랏빛 석양 그늘까지 잔물결과 함께 퍼져, 백조만 새하얗게 자작나무 그림자 속에 뻗어 있다.

마음

나쓰메 소세키 夏目漱石

나쓰메 소세키는 1907년 도쿄대 교수를 그만두고 아사히신문에 전속 작가로 들어가 직업 작가의 길을 걷기 시작했다. 첫 연재 작품은 『우미인초』로 집필 도중에 위경련으로 고생했다. 그해 와세다 미나미초로 이사한 뒤 이듬해 「문조」, 「열흘 밤의 꿈」, 『산시로』 등을 썼다. 1909년 짧은 글을 연작으로 써 달라는 아사히신문의 요청에 1월 14일부터 「설날」을 시작으로 소소한 일상이나 런던 유학 생활을 소재로 한 소품 스물다섯 편을 발표, 1910년 5월 다른 수필과 묶어 단행본(『네 편』)으로 출간했다.

「마음」은 1909년 1월부터 3월에 걸쳐 '긴 봄날 소품'이란 제목으로 연재한 스물세 번째 글이다.

목욕을 마치고 나와 2층 난간에 젖은 수건을 널고 햇빛 가득한 봄날 마을을 내려다본다.

두건을 쓰고 하얀 수염을 듬성듬성 기른 나막신 굽 가는 할아버지가 울타리 밖을 지나갔다. 멜대에 낡은 북을 달아매고 대나무 주걱으로 쾅쾅 두드리는데, 그 소리가 순간 머릿속에 떠오른 기억처럼 날카로우면서도 어딘가 맥이 빠져 있다. 그 할아버지가 비스듬히 마주 보는 의사 집 대문 옆으로 걸어가서 예의 생기 없는 봄의 북을 쾅 치자 머리 위 새하얗게 꽃이 핀 매화나무 사이에서 작은 새 한 마리가 날아올랐다. 할아버지는 눈치 채지 못한 채 푸른 대나무 울타리를 비껴 건너편으로 돌아 들어가더니 보이지 않았다.

작은 새는 날갯짓 한 번으로 우리 집 난간 아래까지 날아왔다. 가느다란 석류나무 가지에 잠깐 앉아 있더니 안정이 안 되는지 두세 차례 몸을 움죽거리다가 난간에 기대고 선 나를 올려다보기 무섭게 화닥닥 뛰어올랐다. 나뭇가지가 연기 낀 듯 부옇게 흔들리나 싶더니 작은 새는 이미 고운 발로 난간 살을 밟았다.

이제껏 본 적 없는 새라 이름을 알 리 없지만 몸통 색조가 유난히 마음을 움직였다. 휘파람새를 닮아 날개는 살짝 은근한 멋이 나고 가슴은 수수한 벽돌색 비슷한데 불면 날아갈 것처럼 팔랑인다. 이따금 주변에 포근한 물결을 일으키며 가만히 다소곳이 앉아 있다.

놀래면 못 할 짓이지 싶어 잠시 난간에 기댄 채 손가락 하나 까딱하지 않고 버텼다. 의외로 새가 아무렇지 않아 하길래 이윽고 큰맘 먹고 몸을 살며시 뒤로 뺐다. 동시에 새는 난간 위로 폴짝 날아올라 바로 눈앞까지 다가왔다. 나와 새 사이 거리는 불과 30센티미터밖에 나지 않았다. 반쯤 무의식적으로 오른손을 아름다운 새 쪽으로 내밀었다. 새는 부드러운 날개와 가냘픈 다리와 잔물결 치는 가슴을 전부 바치며, 자신의 운명을 맡기듯 스스로 내 손 안으로 고이 날아들었다.

그 순간 둥그스름한 머리를 내려다보며 이 새는…… 하고 생각했다. 하지만 이 새는…… 다음은 아무리 해도 떠오르지 않았다. 다만 마음속 깊은 곳에 그다음 말이 숨어 전체를 담백하게 여러 농도로 색칠해가는 게 느껴졌다. 마음속에 자욱이 스며든 것을 어떤 불가사의한 힘으로 그러모아 자세히 들여다본다면, 그 형상은 역시 이 순간 이 자리의 내 손 안 작은 새와 같은 색에 같은 생김새를 하고 있으리라. 나는 곧바로 새를 새장 안에 집어넣고 봄날 햇빛이 기울 때까지 바라봤다. 이 새는 어떤 마음으로 날 보고 있을까.

몇 시간 뒤 산책을 나갔다. 너무 기쁜 나머지 정처 없이 동네를 몇 군데나 지나 북적이는 거리를 갈 수 있는 데까지 걸어갔다. 길은 오른쪽으로 꺾이다가 왼쪽으로 구부러지다가 모르는 사람 뒤에서 또 모르는 사람이 수두룩이 나타난다. 아무리 걸어도 활기차고 명랑하며 편안하다. 나로선 어느 점에서 세계와 접촉하는 것에 일종의 거북함을 느끼는지 거의 상상조차 할 수 없다. 모르는 사람을 수천 명 만나는 일은 기쁘지만 그저 기쁠 뿐, 그 반가운 사람의 눈매도 콧대도 도무지 머릿속에 비치지 않는다.

어디선가 방울이 떨어져 기와지붕 차양에 부딪히는 소리가 났다. 깜짝 놀라 바라보니 10미터쯤 앞 샛길 어귀에 한 여자가 서 있었다. 무슨 옷을 입었는지, 어떤 모양으로 머리를 틀어 올렸는지 거의 보이지 않았다. 오직 눈에 비친 것은 얼굴뿐이다.

그 얼굴은 눈이니 입이니 코니 따로따로 서술하기 어렵다. 아니, 눈과 입과 코와 눈썹과 이마가 한데 어우러져 오직 단 한 명 나를 위해 만들어진 얼굴이다. 100년 전부터 여기에 서서 눈도 코도 입도 한결같이 나를 기다린 얼굴이다. 100년 뒤까지 나를 따라 어디까지라도 갈 얼굴이다. 말없이 말을 하는 얼굴이다.

여자는 잠자코 뒤로 돌아섰다. 따라가 보니 샛길이라고 생각했던 곳은 골목길이었다. 평소라면 들어서길 망설일 만큼 좁고 어둑어둑하다. 여자는 묵묵히 안으로 걸어간다. 아무 말이 없다. 하지만 나에게 따라오라고 한다. 나는 몸을 움츠리며 골목으로 들어갔다.

까만 포렴이 나부낀다. 하얗게 색을 뺀 글자가 보인다. 이어 머리를 스치다시피 처마에 달린 등이 나왔다. 한가운데 층층이 쌓인 소나무 세 개가 그려져 있고 그 밑에 본점이라고 적혔다. 다음에는 유리 상자에 찹쌀떡을 동그랗게 잘라 구운 화과자가 잔뜩 들어 있다. 그다음에는 처마 아래 사라사 천 조각을 대여섯 개 사각 틀 안에 늘어놓은 장식이 걸렸다. 그리고 향수병이 보였다.

골목은 새카만 흙벽담에 막혀 끝났다. 여자는 60센티미터쯤 앞에 있었다. 갑자기 내 쪽으로 몸을 돌리더니 급히 오른쪽으로 꺾어 들어갔다. 돌연 내 머리는 아까 바라보던 작은 새의 마음으로 바뀌었다. 여자를 따라 곧장 오른쪽으로 돌았다. 그러자 앞보다 더 길고 좁고 어두운 골목이 쭉 이어졌다. 나는 여자가 묵묵히 사유하는 대로 그 좁다랗고 어두컴컴하게 쭉 이어지는 골목길을 새처럼 끝까지 따라갔다.

" 모르는 사람을

수천 명 만나는 일은 기쁘지만

그저 기쁠 뿐,

그 반가운 사람의 눈매도 콧대도

도무지 머릿속에 비치지 않는다. "

나쓰메 소세키

어린잎에 내리는 비

스스키다 규킨薄田泣菫

1877년 오카야마현 출생. 1894년 도쿄로 올라와 한학을 공부한 뒤 귀향, 잡지에 소네트 형식 시를 투고했다. 1899년 첫 시집 『저물녘 피리』로 낭만파 시인으로 인정받은 뒤 옛말을 활용한 고전미 넘치는 시를 다수 발표했다. 1915년 마이니치신문에 생활 수필 「다화」를 장기 연재하며 인기 작가로 발돋움했다. 1917년 파킨슨병이 발병해 글쓰기조차 버거울 정도로 점점 악화했지만 집필 활동을 이어갔다. 만년에는 부인의 대필로 『고양이의 미소』, 『대지 찬송』 등을 출간했다. 1945년 10월 9일 예순여덟 살에 생을 마감했다. 「어린잎에 내리는 비」는 1926년 9월 출간된 『태양은 풀 향기가 난다』에 실린 글이다.

들에도 산에도 싱싱한 어린잎이 푸르다. 요즘, 유난히 올해 비가 자주 내린다. 언제나 이맘때 내리는 비는 풀과 나무에 돋아난 새싹을 적시는 초봄 비나 이보다 조금 늦은 장마철에 쏟아지는 비와는 다른 정취가 있다.

초봄에 오는 비는 차갑다. 또 장맛비는 너무 우울하다. 하지만 그사이에 낀 늦봄 비는 밝고 쾌활하며 따뜻함으로 가득 차서 은빛으로 반짝인다. 초봄 비는 말없이 세상을 적시고, 이맘때 비는 소곤소곤 소리를 내며 내려온다. 그 소리는 하늘의 영혼과 초목의 정령이 나누는 속삭임으로, 부드러운 감촉과 헤아릴 수 없을 만큼 향기로운 숨결 그리고 고요한 애정을 품고 있다.

때때로 바람이 모로 불어오면 풀잎과 나뭇잎은 빗방울이 목덜미를 타고 겨드랑이나 가슴 언저리로 미끄러져 들어가기라도 한 양 차갑고 간지러워서 견딜 수 없는지 몸을 흔들며 자지러지게 웃어댄다. 이맘때 내리는 비가 아니면 맛보지 못할 쾌활함이다.

쾌활하고 밝은 분위기에 이끌려 두꺼비가 풀잎 그늘 속에서 느릿느릿 기어 나온다. 아차 하는 순간에 낙숫물이 얼굴 위로 떨어지면 두꺼비는 마치 주정뱅이가 입가에 묻은 술거품을 신경 쓰듯 어설픈 손놀림으로 코끝을 살짝 어루만진다. 그리고 이따금 멈춰 서서 옛 친구인 하이쿠 시인 잇사가 나그네 차림 그대로 비에 흠뻑 젖어 있진 않을까, 마음이 쓰이는지 두리번두리번 주위를 둘러본다.

두꺼비야. 네가 찾는 잇사는 뛰어난 하이쿠 시인이지만, 그의 영혼은 오랜 슬픔과 괴로움으로 인해 일그러져 있단다. 밝은 이맘때 비를 같이 맞으며 젖기에는 썩 어울리지 않는 친구 가운데 한 명이지. 너한테 어울리는 훨씬 좋은 친구가 지금 저기 나오는구나.

바로 게다. 게는 등딱지에 흙을 잔뜩 묻힌 채 정원석 그늘 뒤에서 도도한 몸짓으로 기어 나왔다. 강철로 만든 증기기관 모형처럼 단단한 만듦새에 뽀글뽀글 거품을 내뿜는 구석이 아무리 봐도 독일인이 고안한 생물 같다. 등딱지 어딘가에 '크루프사 제조'라는 도장이라도 찍혀 있을 듯하다. 우리 집은 바다 가까운 모래땅에 세워진 탓인지 게가 많이 찾아온다. 장마철이면 종종 벽을 타거나 기둥에 매달려 마루 위까지 기어오르기도 한다.

게야. 너와 두꺼비는 저마다 다른 생활을 해도 자존심이 강하고 그만큼 고독한 점이 똑 닮았구나. 옛날 염세주의 철학자 쇼펜하우어가 이탈리아 수도로 여행을 갔다가 그곳 사람들, 그중에서도 아름다운 부인들이 자신을 한결같이 냉대

하는 것과는 달리 같은 시기 같은 곳에 와 있던 염세주의 시인 바이런은 왕후 모시듯 환대하는 모습에 몹시 기분이 상해 여행을 하는 둥 마는 둥 하고 돌아왔다는 이야기가 있다. 너희는 만만찮은 한 쌍으로 못생긴 점에서도 괜찮은 조합이니 서로 기분을 상하지 않도록 할지어다.

나무 위에는 청개구리와 달팽이가 비를 즐긴다. 청개구리는 내로라하는 독창가수지만, 달팽이는 좀 색다른 침묵파다. 한 녀석은 나뭇잎에서 나뭇잎으로 뛰어오르고, 다른 한 녀석은 나뭇가지에서 나뭇가지로 미끄러진다. 청개구리는 광대처럼 달랑 옷만 입은 채로 어디라도 나가고, 달팽이는 성지순례처럼 자기 짐을 몽땅 싸서는 등에 짊어지고 나간다. 두 녀석은 가끔 널따랗고 파르스름한 파초 잎사귀 위에서 만나기도 하는데, 서로 눈인사만 나눌 뿐 말 한마디 주고받지 않고 얼른 지나쳐버린다. 두 녀석 다 마음껏 비를 즐기고 맛보며 노니느라 여념이 없다. 우물쭈물하다가는 비가 언제 그칠지 모를 일이다.

이슥한 밤, 욕조에서 느긋하게 몸을 쭉 뻗고 보슬보슬 내리는 빗소리를 듣는 시간은 내가 가장 좋아하는 일과 가운데 하나다. 그러기에 이맘때 비는 더없이 알맞다.

보리걷이

하시모토 다카코橋本多佳子

하시모토 다카코는 1937년 남편이 세상을 떠난 뒤 홀로 지내며 하이쿠 짓기에 몰두했다. 스승인 야마구치 세이시가 결성한 동인 '천랑'에 참여해 활약하는 한편 1948년 『칠요일』을 창간해 전후 침체한 하이쿠 가단을 이끌었다. 『칠요일』은 새로운 가인을 대거 배출하며 명성을 떨치다 2015년 800호를 내고 종간됐다.

「보리걷이」는 1959년 8월 잡지 『칠요일』에 실린 글이다.

오랜만에 도쿄에서 친구가 찾아왔다. 우리는 나라의 신야쿠시절에서 뱌쿠호절이 있는 마을까지 걸어갔다. 이 근처는 보리를 조금 늦게 베는지 봄철 보리걷이가 한창이었다. 새파랗게 물든 못자리가 여기저기 눈에 띄었다. 보리를 베던 나이 든 여인 한 명이 불쑥 일어서더니 하늘을 우러러보듯 허리를 쭉 폈다. 예전에 지은 하이쿠 한 수가 떠올랐다.

보리 베다가 고개 들어 먼 산을 그리워하네

뱌쿠호절이 있는 마을은 가스가산과 다카마도산으로 겹겹이 둘러싸여, 그 푸른 산과 노랗게 익은 보리밭이 서로를 비추었다.

"아름다운 보리로군요. 맞은편 보리는 그을린 것처럼 색이 진한데, 이쪽 보리는 황금빛이네요."

나는 여인에게 말을 걸었다.

"아, 이거 말이죠. 한 머리에 나는 흰머리와 검은 머리의 차이일 뿐이에요."

그녀는 상냥하게 대답하고는 내게 어디서 왔는지 물었다.

"오사카에서요. 귀찮게 하지 않을 테니 보리 베는 모습을 좀 지켜봐도 될까요?"

이렇게 말하고 나와 친구는 바짝 말라버린 무르익은 보리밭 속으로 들어갔다. 하얀 나비가 팔랑팔랑 날아간다. 그녀의 남편인 농부와 아들 그리고 젊은 여인이 서 있다. 감색 바탕에 흰 잔무늬를 쪽염색한 무명 몸뻬를 입은 젊은 여인은 며느리 같았다. 그들은 세찬 바람에 일렁거리는 보리를 손으로 꽉 잡으며 낫을 들이댔다, 그다음 쓱 베어 땅에 가로 놓았다. 사부작사부작, 일의 리듬이 꽤 느릿하다.

나라면 어떨까. 아마 저것보다 두 배 빠른 속도로 보리를 베어내겠지. 그리고는 숨도 제대로 못 쉴 만큼 지칠 대로 지쳐 쓰러지리라. 나는 무얼 하든 후다닥후다닥 해치운다. 서두르지 않으면서도 게으르지 않도록, 내게는 얼마나 어려운 일인지.

저만치 떨어진 산기슭에 할아버지 한 분이 보였다. 가까이 걸어가 보니 얼굴이 땅에 닿을락 말락 허리를 구부린 채 보리를 베고 있었다. 종달새 소리가 줄기차게 들려온다. 낮은 하늘에서 날개를 파닥이며 요란하게 지저귄다. 할아버지는 종달새의 노랫소리에 마음을 달래며 게으름 피우지 않고 보리를 내리 베어나갔다.

보리걷이에 종달새 끊임없이 울어대노라

" 보리 베다가

고개 들어 먼 산을

그리워하네 "

하시모토 다카코

봄바람이 분다

오가와 미메이 小川未明

1882년 니가타현 출생. 1902년 와세다대 영문과에 입학, 1904년 잡지 『신소설』에 「방랑아」를 발표하며 문단에 데뷔했다. 졸업 후 와세다문학사에서 편집자로 일하며 1907년 첫 단편집 『근심 어린 사람』을 출간하는 한편 사회주의 작가로서 노동을 주제로 한 소설을 다수 썼다. 『소년문고』 편집을 맡으며 동화 작가로 변신, 1910년 첫 동화집 『붉은 배』를 비롯해 「시계가 없는 마을」, 「붉은 양초와 인어」, 「달밤과 안경」 등 걸작을 남기며 '일본의 안데르센'으로 불렸다. 1926년부터 동화 창작에 전념하며 아동문학을 이끌다가 1961년 5월 11일 일흔아홉 살에 세상을 떠났다.
「봄바람이 분다」는 1940년 6월 출간된 『신일본동화』에 실린 글이다.

초봄이면 묵은 상처가 쑤시듯 부드러운 바람이 얼굴을 훑고 지나갈 때마다 마음속 오래전 기억이 되살아난다.

아직 젊었던 나는, 술집의 딱딱한 의자 모서리에 걸터앉아 포렴 사이로 거리에 흙먼지를 일으키며 달려가는 봄바람을 눈으로 좇으며 홀로 술잔을 기울이고 있었다. 다가오는 봄날 석양이 서글퍼서 견딜 수 없었다.

그때부터 사람 많은 데를 돌아다니기 싫어했다. 꽃이 피었단 소리를 들어도 구경하러 가는 일 없이 늘 다니는 거리를 멍하니 산책하다가 막판에는 단골 가게에 들렀다. 그러고는 이따금 병에 꽂힌 벚꽃이 벽에 걸린 거울에 빛바랜 채 비친 모습을 바라보며 쓰다 만 작품 구상에 몰두했다. 생각할수록 자연주의 시대부터 낭만주의 시대까지의 당시 세상 분위기가 그립다.

그 가게에 있던 그녀들은 지금 무얼 하고 있을까? 이미 나이를 먹을 만큼 먹어 할머니가 됐을 게 틀림없다. 공상에는 시간도 공간도 없으니 생기 넘치던 검은 눈동자며 붉은 입술이 눈에 선하다. 그뿐 아니라 지금도 거리에 나가면 어딘가의 레스토랑에서 그 모습 그대로 일하는 그녀들을 볼 수 있을 것 같다.

"당신은, 어라, 누구시더라?" 상대 얼굴을 몰라보고 몹시 실례되는 말이지만 자주 그렇게 묻곤 한다. 개중에는 옛날에 친했던 사람도 있다. 얼굴을 봐도 기억나지 않는 게 당연하지, 머릿속에 있는 그 사람은 언제나 젊은 모습으로 헤어지고 나서 조금도 나이 들지 않았으니까. 이럴 때면 깜짝 놀라기는커녕 한층 더 외로움을 느낀다. 나도 똑같이 나이를 먹었을 텐데, 그제야 반성한다.

내 경험의 빈곤에 대한 회한이 샘솟는다. 높은 산을 오르지 않은 일이 그중 하나. 아름다운 산악을 자랑하는 일본에서 태어나, 게다가 어릴 적부터 다른 지방의 산들을 동경했으면서 어째서 다리가 튼튼할 때 걸어 올라가지 않았는지. 역시 게으른 탓이다. 방바닥에 드러누워 산 안내기를 읽고 사진을 보며 공상에 잠기는 일이 훨씬 즐거웠기 때문이기도 하다.

여름날 교외의 정원수 파는 가게에 가서 고산식물을 사서 돌아가는 길, 머리 위로 높이 떠 있는 흰 구름을 보며 고산식물이 자라난 바위가 겹겹이 쌓인 가파른 고개를 상상한 적이 있다. 무심한 풀과 구름이 새삼 그리워 동화의 소재로 삼기도 했다.

살아 있는 동안 언젠가는 산에 오를 기회가 있으리라고 막연히 여겼던 것이 후회스럽다. 지금은 모든 게 다 늦었다는 기분이 든다. 이제껏 그저 어렴풋이 의식만 했던 죽음이란 존재가 요즘은 뭘 보든 눈에 항상 따라다니는 느낌이다. 젊을 적에는 뵈클린*이 그린 것처럼 죽음은 고독하고 어두운 심연이라고 생각했는데, 나이가 들어 보니 꽤 다르다. 잿빛임이 분명하지만 영원한 휴식이랄까, 편안함마저 느껴진다. 혈기 왕성한 사람일지언정 결국 나중에는 죽음이 찾아온다는 일종의 깨달음 같은 냉정심이 생긴다.

과거에는 부자나 자본가를 가차 없이 적대시하던 시절도 있었지만, 이제 욕심 많은 사람이라도 죽을 때는 머리맡에 산더미처럼 재물을 쌓아두고 몸에 겨우 흰 수의 한 장만 걸친 채 떠나간다는 사실을 생각하면 기분이 이상하다. 뿐만 아니라 그렇게 재화를 모으는 사람이 있어야만 지상의 부가 보존되고 또 언젠가는 부와 인연 없던 사람 손에 넘어간다니, 덧없는 인생의 묘미가 아닐까. 가난했던 덕에 나는 물질에 얽매이지 않고 마음 편히 자연의 아름다움을 즐길 수 있었다.

지금 살랑살랑 봄바람을 맞으며 발코니에 서 있다. 도자기 수반水盤 속 사랑하는 붉은 돌을 바라보며 내가 죽은 뒤

---

* 아르놀트 뵈클린(Arnold Böcklin 1827~1901) 스위스 화가로 죽음이라는 주제에 집착, 풍부한 상상력과 세련된 색채로 강렬한 죽음을 극화하는 작품을 그렸다.

얼마 동안이나 이 모습 그대로 남아 있을까, 상상한다. 그랬더니 이 소나무는 어떨까, 이 난초는 또 어떨까 하며 생명이 있는 모든 것의 나이를 생각하기에 이른다. 늙은 매화나무 한 그루가 소중히 여겨주는 은혜에 보답하고자 올해도 꽃을 한가득 피워냈는데, 유독 마른 나뭇가지가 더한층 연민의 정을 자아낸다.

" 초봄이면

묵은 상처가 쑤시듯

부드러운 바람이

얼굴을 훑고 지나갈 때마다

마음속 오래전 기억이 되살아난다. "

오가와 미메이

봄

하세가와 시구레 長谷川時雨

1879년 도쿄도 출생. 1901년 『여학세계』에 단편 「잿불」을 발표하며 문단에 데뷔했다. 1905년 요미우리신문 현상공모에 희곡 「해조음」이 입선, 한동안 희곡 작가로 활약했다. 1911년 시대를 풍미한 여성을 조명한 『일본 미인전』을 출간하며 일약 인기 작가가 됐다. 1928년 여성을 위한 잡지 『여인예술』을 발행하는 한편 작가동맹 집회를 개최하는 등 여성 지위 향상운동을 이끌었다. 1935년 회고록에 가까운 소설 『구문 니혼바시』를 비롯해 수필집 『초어』, 『옷』 등을 꾸준히 내며 창작 활동을 이어갔다. 1941년 8월 22일 예순두 살에 백혈구 감소증으로 세상을 떠났다.

「봄」은 1939년 2월 출간된 『복숭아』에 실린 글이다.

오늘 아침

어젯밤 하늘을 지나간 발 빠른 바람은 지금 어디서 불고 있을까. 그 바람이 남아 있던 겨울을 휘몰아 가져간 덕에 봄이 찾아온 오늘 아침은 너나없이 활기차고 명랑하다.

수다쟁이는 비단 작은 새만이 아니다. 부엌 수돗물도 콸콸 소리를 내고 고양이도 한껏 멋을 낸다. 거리에는 담배 연기가 코를 스치고 커피 향이 향기로우며 전차선로가 은처럼 반짝인다. 사무실 유리창은 햇빛을 받아 빛나고 공장 기계는 덜커덩덜커덩 울리며 규칙적으로 돌아간다.

아침에는 버스 차장 아가씨도 아직 피곤한 기색을 보이지 않고 소년공도 휘파람을 불며 셰퍼드를 부르는 도련님 못지않은 자부심을 품고 일에 매달린다. 봄날 아침 바닷물을 타고 오는 물고기처럼 생기 넘치는 소녀는 잠에서 깨어나 컵을 빛에 비쳐 본 뒤 담긴 물을 바닥까지 마시고 안개 분수의 오색 무지개 같은 숨을 한가득 사방에 세차게 내뿜으리라.

산들바람

활짝 이삭 핀 보리밭을 배경으로 언덕 너머 강물에 끊어졌다 이어지는 복숭아꽃 풍경은 '붉은 노을'이란 말이 절로 나온다. 이 들판에 부는 산들바람이 교토 하늘도 색칠하는 걸까, 생각에 잠겨 바라본다. 복숭아꽃 풍경은 오싹하리만큼 아름다운 여인보다는 아름다운 들판에 선 소녀가 주홍빛 뺨이 화끈거리는데도 시선을 딴 데로 돌리지 않은 채 울먹이는 눈빛으로 가만히 들여다보는 모습 같다. 포기하기 어려운 가슴이 후련해지는 기분을 선사한다.

나는 봄이 찾아올 때마다 그녀들의 영혼이 매일 밤 꿈속에서 어떻게 익어갈까, 빙그레 미소를 지으며 소녀들 얼굴을 쳐다보곤 한다.

아직 어린 소녀였을 시절, 동상 걸린 발이 아픈 듯 가려워지는 비 내리는 밤이면 목욕탕에서 나와 피부 냄새인 줄도 모르고 백분이 녹아 스며드는 목 언저리를 바라보거나 스스로도 아름답다고 생각하는 눈동자를 들여다보거나 향유를 촉촉이 머금은 검은 머리카락을 빗질하고 어루만지며 등불 아래 거울 속 자신에게 마음을 뺏기곤 했다.

지금 내 주변에는 열여섯 봄을 보내며 제 입술 색에도 마음이 들뜨는 로맨틱한 소녀들이 있다. 그녀들 얼굴을 바라볼 때마다 봄바람은 아니지만 그 이마에 포근한 미소를 던지고 싶어진다.

파랑까치

모던하면서도 점잖은 하이힐을 신고 잔뜩 들뜬 어깨로 바람을 가르는, 코끝을 핥으면 연한 담배 연기와 향기가 어렴풋이 남는 서른 살 여자라면 6월 드레스는 저 파랑까치 같은 옷을 곱게 차려입고 거드름을 피울 텐데.

파랑까치는 어딘가 말괄량이 아가씨처럼 세련됐다. 짙은 남색 꽁지깃과 날개깃, 짙은 남색 머리, 넥타이를 맨 것 같은 목 언저리. 머리 앞에 진하디진한 빨간 장식이 동그랗게 붙어 있는 듯한 부리는 입술연지처럼 선명하게 눈에 새겨진다. 그리고 윗옷은 청자색으로 물들인 바탕에 흰색과 감색으로 된 흐린 줄무늬다.

이런 옷은 나한테는 어울리지 않는다. 하지만 6월 햇빛이 비치는 푸른 잎 아래서 파랑까치를 바라볼 때마다 요염한 여인이 문득 떠오른다. 문단에서는 소설가 우노 치요 씨가 입으면 몸에 꼭 맞아 더없이 아름다우리라.

산의 봄

다카무라 고타로高村光太郎

1883년 도쿄도 출생. 1897년 도쿄예술대 조각과에 입학, 문학에도 뜻이 있어 잡지 『명성』에 시를 투고했다. 1906년 미국을 거쳐 파리에서 유학하며 프랑스문학에 심취했고, 1909년 귀국해 미술 비평에 뛰어들어 로댕과 관련된 책을 번역했다. 1914년 첫 시집 『도정』을 자비 출판해 시인으로서의 재능도 인정받았다. 1941년 출간한 시집 『지에코초』는 아내 지에코를 향한 사랑을 소박한 언어로 읊어 큰 인기를 끌었다. 1945년 이와테현 산속에 작은 오두막을 짓고 7년 동안 혼자 생활하며 자연과 인간, 사랑을 노래하는 시와 수필을 다수 발표했다. 1956년 4월 2일 일흔세 살에 세상을 떠났다.

「산의 봄」은 1951년 3월 잡지 『주부의 벗』에 실린 글이다.

사실 3월 산에는 봄이 아직이다. 3월 춘분날인데도 산속 오두막집 주변에는 눈이 수북하다. 눈이 정말로 사라지는 시기는 5월 중순쯤. 산을 뒤덮은 얼음처럼 차가운 공기가 5월께면 갑자기 북쪽으로 떠밀려가고, 이미 충분히 따뜻해진 땅속 열기와 햇빛이 돌연 활동을 시작해 1분 1초가 아깝다는 듯 봄이 모습을 드러낸다. 그리고 금세 여름으로 바뀌어 간다.

도호쿠 지방*의 봄은 분주하다. 사과꽃, 매화꽃, 배꽃, 벚꽃 같은 이른바 봄꽃 대표주자가 앞뒤로 쉴 새 없이 활짝 꽃망울을 터뜨린다. 마치 동화극 무대에 서 있는 느낌이다. 이것은 4월 말 풍경으로, 3월에는 꽃이 단단한 나무순 속에 잠들어 있다.

하지만 3월호 잡지라면 누구나 봄 이야기를 할 게 뻔하고, 또 우에노공원 근처 벚나무는 해마다 늘 이맘때 꽃봉오리가 하나둘 벌어진다. 일본은 남북으로 길게 뻗어 있기에 지역에 따라 계절이 어긋나는데, 그게 이상하기도 하고 재미있기도 하다. 북쪽에는 제설차가 다니건만 남쪽에는 마을마다 복숭아꽃이 한가로이 피어난다.

* 일본 동북부에 있는 아오모리현, 이와테현, 미야기현, 아키타현, 야마가타현, 후쿠시마현을 말한다.

계절이 빠른 곳과 늦은 곳이 있다고 해도 계절의 행위 자체는 매년 규칙적이다. 결코 아무렇게나 하지 않는다. 땅속에서 착실히 준비해둔 것을 정해진 순서대로 착착 선보인다. 나무순도 그렇다. 가을에 나뭇잎이 떨어지자마자 곧장 봄 준비에 들어가서 문을 꼭 걸어 잠그고 겨울 내내 가만히 기다린다. 완전히 말라비틀어진 양 보이는 나뭇가지도 실제론 내부에 생명이 즐겁게 활동하고 이듬해 꽃을 피울 기쁨으로 가득하다. 메마른 우듬지를 겨울날 올려다보면 그들이 얼마나 기뻐하는지 알 수 있으리라.

3월 산에는 눈이 수북해도 더는 겨울이 아니라 봄임에 틀림없으니 눈이 내려도 쉬이 녹는다. 영하 10도 남짓한 추위는 수그러지고 지붕에는 고드름이 주렁주렁 매달린다. 고드름은 한겨울에는 그다지 안 달리고 초봄이 되어야 커다랗게 달린다. 고드름은 춥다는 표시가 아니라 따뜻해지기 시작했다는 표시다. 보통 사람은 고드름 그림을 보면 추위를 느끼겠지만, 산사람은 고드름을 보면 '어, 벌써 봄이구나' 하고 생각한다.

고드름이 한창 달리는 무렵이면 논 위를 덮은 눈판에 조금씩 금이 간다. 대개 논두렁을 따라 눈이 녹으면서 층이 갈라져 어긋난다. 그 층이 무너지고 남쪽 양지바른 곳에서 마른풀 쌓인 땅이 얼굴을 내민다. 땅이 얼굴을 내밀자마자 곧바로 햇빛을 따라 머위 뿌리에서 초록 꽃대가 쏙 나온다. 도호쿠 지방에서는 머위 꽃대를 '밧케'라고 부른다. 하나, 둘, 셋…… 눈 사이사이 땅에서 머위 꽃대를 발견하는 기쁨은 매해 겪는 일이건만 잊히지 않는다.

비타민B와 비타민C가 풍부한 머위 꽃대를 따서 짙은 갈색이 도는 꽃턱잎을 떼어낸 다음 부드럽고 동그란 산의 정기를 그득 품은 싱싱한 녀석을 저녁상에 올린다. 석쇠에서 살짝 구워 된장을 바르거나 식초를 뿌리거나 기름에 찍어 약간 쓴맛이 나는 그대로 먹는다. 그러면 겨우내 생긴 비타민 부족이 싹 가시는 느낌이다. 많이 땄을 때는 도쿄에서 어머니가 한 것처럼 설탕과 간장으로 달짝지근하게 졸인다. 아버지가 가래약이라며 즐겨 드셨다.

머위는 암수딴몸으로 꽃턱잎 속 봉오리 모양이 다르다. 암꽃은 늦봄께 길고 크게 자라서 민들레처럼 털 달린 열매를 공중으로 무수히 날려 보낸다.

머위를 먹는 동안 오리나무에는 금실을 꼬아 만든 끈처럼 생긴 꽃이 축 늘어진다. 산에서 '야쓰카'라고 부르는 오리나무는 상당히 맵시가 좋은 나무다. 잔가지 끝에 꽃이 한가득 매달려 꽃가루를 뿌려댄 뒤 작은 가마니 같은 암꽃이 나중에 열매가 된다. 이 열매는 물에 넣고 끓여 목조용 염료로 쓴다.

이때쯤이면 땅 위 눈도 옅어지고 오솔길도 생겨 초봄다운 풍경이 펼쳐진다. 논둑에는 원추리 싹이 잔뜩 난다. 원추리 새싹은 기름에 살짝 볶아 초된장에 찍어 먹으면 맛있다. 산 사람들은 '갓코'라고 부른다. 원추리 싹이 나오면 뻐꾸기가 찾아오고 뻐꾸기가 오면 모내기 할 때라고들 하는데, 여기서는 꼭 그렇지도 않다.

물가 언덕에는 처녀치마라고 불리는 풀에 자주색 꽃이 달리고 귀여운 보라색 얼레지꽃이 두꺼운 이파리에 둘러싸여 핀다. 때론 습지에 한 포기의 풀과 한 송이의 꽃이 발 디딜 틈 없이 우거져 멋진 군락을 이루기도 한다. 얼레지 뿌리는 얼레짓가루의 원재료지만 꽤 캐기 어려운 데다 만들려면 손이 많이 가는 탓에 지금은 귀한 식품이 되었다.

약초로 쓰는 황련에 흰 꽃이 피고 납매에 노란 꽃이 피는 사이 이번에는 고비와 고사리가 우르르 올라온다. 고비가 조금 더 빨리 하얀 털모자를 쓰고 산 남쪽에서 쏙쏙 돋아난다. 따서 말리면 좋을 텐데 방법이 까다롭다. 산속이 아닌 곳에서 말리면 실처럼 가늘어진다.

고사리는 산의 잡초다. 다 꺾지 못할 정도로 이곳저곳에 수두룩하다. 꺾자마자 곧장 밑동을 불에 지지지 않으면 질겨진다. 한 다발씩 묶어 나뭇재로 미지근하게 데운 물에 하룻밤 담가 쓴맛을 없앤 다음 건져 씻는다. 이어 끓여서 식힌 소금물에 집어넣고 고사리가 삐져나오지 않도록 가벼운 누름돌로 눌러둔다. 얼마 있다 소금물을 한 번 갈아주고 정성스레 절이면 여름부터 가을, 아니 정월까지 새파랗고 쫄깃한 고사리절임을 먹을 수 있다.

이윽고 산과 들에 아지랑이가 아른거리고 봄 안개가 피어오른다. 가을 저녁 푸른 안개가 산을 뒤덮은 아름다운 풍경을 나는 '바흐의 푸르름'이라고 부른다. 봄 안개는 역시 밝은 세룰리안 블루로 산과 산 사이에 떠 있다. 먼 산은 아직 하얘도 가까운 낮은 산은 겉땅에만 눈이 남아 추위로 검어진 삼나무며 소나무가 산줄기를 진갈색으로 칠한다. 그 위에 봄 안개가 일본화처럼 산기슭을 여러 농도로 덧칠한다.

산과 산이 겹쳐진 흐릿한 정경을 보고 있으면, 어쩐지 종이 위에 수북이 담긴 갓 찐 큼지막한 단팥빵에서 김이 나는 것 같다. 나는 마른 풀밭에 놓인 나무 그루터기에 걸터앉아 '이거 참 큰 단팥빵이네, 맛있겠다' 생각하며 바라본다.

휘파람새는 초봄에는 마을 근처에 머물며 집이나 뜰에서 지저귄다. 산에 오는 것은 초여름부터 가을까지. 산이든 어디든 휘파람새 울음소리는 주위를 압도할 만큼 아름답다. 골짜기를 여기저기 날아다니며 울 때는 더없이 근사하다. 봄새가 몰려든 산은 흡사 동물원 같다. 아침저녁이면 무서울 정도다. 새의 출석률은 아무래도 아침 햇살이 좌우하지 싶다. 노랑할미새, 검은등할미새, 긴발할미새, 곤줄박이, 산비둘기, 종달새…… 이루 헤아릴 수 없을 만큼 많다. 가장 흔히 길가에서 마주치는 새는 역시 멧새로 날이 밝기 전부터 아침 인사를 한다.

제비꽃, 민들레, 뱀밥, 엉겅퀴는 땅 전체를 뒤덮기에 저 귀여운 제비꽃을 짓밟지 않고는 오솔길을 걸을 수 없다. 한창 어린잎이 난 풀 가운데 잔대라고 이 고장 사람들이 즐겨 먹는 풀이 있다. 어린잎을 살짝 데쳐 참깨가루나 호두가루에 무쳐 먹으면 맛이 그만이다. 뜯으면 잘린 줄기에서 흰 젖 같은 즙이 나와 유초乳草라고도 부른다. 개울가에는 바꽃이나 물파초 따위 독초가 파릇파릇 나 있으니 신경 써야 한다. 매우 맛있어 보인다. 식물학자 시라이 미쓰타로 박사는 바꽃 독성 연구를 하다 죽었다고 하는데, 나는 무심코 독초에 당하거나 어떤 프랑스 왕처럼 독버섯에 화려하게 걸려들지 않도록 늘 조심할 생각이다.

이런 글을 쓰는 사이에도 계절은 빠른 걸음으로 다가온

다. 지나가는 마을 청춘 남녀가 잠에서 막 깬 듯 생기가 넘치고 손수 짠 스웨터는 가벼워 보인다. 이제는 어딜 봐도 꽃 없는 곳이 없다. 버드나무든 도토리나무든 나무는 참으로 기발한 모양이 많다. 산속에서 저마다 혼자 디자인을 궁리하는지 신기할 정도다. 하얀 배꽃, 하얀 목련꽃, 하얀 괴불나무꽃…… 하양도 다 다르다.

이제 병꽃나무의 변종인지 연분홍색 꽃이 온통 들판에 피고 진달래도 슬슬 움트기 시작한다. 이윽고 산벚꽃이 산을 분홍빛으로 물들인다. 산벚꽃이 예쁜 분홍색으로 발그레해져 산중턱에서 눈에 띄면 이미 3월 춘분날은 저만치 지나 있다. 초등학교에 심은 왕벚나무는 한꺼번에 23일간 재빨리 폈다 진다. 사과밭과 배밭도 꽃이 허여멀겋게 활짝 핀 지 오래다. 기타카미강을 따라 도호쿠 본선을 오가는 기차 창문에서 여행객이 보는 사과꽃의 청아한 아름다움은 그야말로 꿈같다.

예전에 부활절 때 이탈리아 파도바의 오래된 호텔에서 묵은 적이 있다. 스테인드글라스 창문을 열었더니 밤이었는데도 배꽃이 희부옇게 보였던 기억이 난다.

오래된 마을 파도바에 들어서면 새하얀 배꽃

그날 나는 테이블 위 방울을 울려 맛있는 키안티 와인을 주문해 몇 잔이나 즐겁게 마셨다. 이 산속에도 언젠가는 그 오래된 도시에서 느꼈던 문화의 추억이 생겨날까. 이 산은 무엇보다 일단 20세기 후반 문화의 핵심을 파악하는 일부터 시작해야 한다. 그다음에야 나름의 문화가 천천히 자라나리라.

" 산과 들에 아지랑이가 아른거리고

봄 안개가 피어오른다.

가을 저녁 푸른 안개가

산을 뒤덮은 아름다운 풍경을

나는 '바흐의 푸르름'이라고 부른다. "

다카무라 고타로

목련꽃

호리 다쓰오 堀辰雄

1904년 도쿄도 출생. 1925년 도쿄대 국문과에 입학, 동인지 『산누에』에 첫
소설 「단밤」을 발표했다. 스물네 살 때 흉막염으로 나가노현 가루이자와에서
요양하며 1930년 『개조』에 단편 「성가족」을 써서 호평받았다. 1936년 약혼
녀를 잃은 경험을 바탕으로 순수한 사랑을 그려낸 『바람이 분다』를 연재하
며 인기 작가가 됐다. 1938년 결혼해 안정을 찾고 집필 활동에 매진, 1941년
첫 장편 『나오코』로 중앙공론사문예상을 수상했다. 이후 수년간 요양 생활
을 하면서도 창작 의욕을 불태우다가 1953년 5월 28일 마흔아홉 살에 폐결
핵으로 사망했다.
「목련꽃」은 1943년 5월 잡지 『부인공론』에 실린 글이다.

"봄날 나라에 가서 꽃이 활짝 핀 마취목이라도 보자 싶어 도중에 기소로*를 따라 내려왔더니 난데없이 눈보라를 만났다……."

나는 기소 여관에서 받은 그림엽서에 이렇게 적으면서 기차 창문 너머 눈이 무섭게 휘몰아치는 산골짜기를 줄곧 바라봤다. 봄이 한창이건만 눈보라가 몹시 사나웠다. 그렇게 추울 수가 없었다. 차내에는 기소에서 우리랑 같이 기차에 올라탄, 어디 온천으로 휴양이라도 가는 듯한 상인 부부와 또 한 사람 두툼한 겨울 외투를 입은 남자 손님뿐이었다.

그나마 아게마쓰를 지날 무렵부터는 갑자기 눈발이 약해지더니 때때로 차내로 약한 햇빛이 확 들이치기도 했다. 어차피 이런 어이없는 추위는 이 근방뿐이라고 참고 있던 사람들은 그 햇빛을 뒤좇아 건너편 좌석으로 옮겨 앉았다. 아내 역시 읽던 책만 들고 결국 그쪽 자리로 떠나갔다. 나만이 이따금 생각날 때마다 눈이 폴폴 흩날리는 산골짜기나 강을 바라보며 이쪽 창가에 고집스레 버티고 있었다.

어쩐지 이번 여행은 처음부터 날씨가 괴상야릇했다. 나쁘

---

* 에도시대에 에도(현 도쿄)를 기점으로 한 다섯 주요 도로 가운데 하나인 나카센도(에도와 교토를 연결)의 일부로 기소(현 나가노현 남서부)부터 나카쓰가와(현 기후현)까지를 말한다.

다고 하면 나쁘지만, 좋다고 생각하면 정말로 사정이 좋게 돌아가고 있다.

우선 어제 도쿄를 떠날 무렵 꽤 거센 비바람이 몰아쳤다. 아침나절에 이만큼 세차게 쏟아지면 저녁나절 기소에 도착할 쯤에는 그치겠지 했는데, 한낮이 되기 전 갑작스레 빗줄기가 가늘어졌다. 아직 눈이 다 녹지 않은 야마나시현 산들을 빗속에서 바라보고 있자니 이루 말할 수 없이 상쾌했다. 게다가 시나노사카이역에 다다를 즈음에는 때맞춰 비가 딱 그쳤다. 후지미 부근 일대 마른 들판도 비를 흠뻑 맞은 덕분인지 왠지 싱싱하게 되살아나 초록빛을 띠고 차창을 스쳐지나갔다. 머지않아 이번에는 저편으로 기소의 새하얀 산들이 또렷이 보이기 시작했다.

그날 밤, 기소 후쿠시마 마을에 있는 여관에서 묵었다. 새벽 잠에서 깨어나 보니 뜻밖에도 눈보라가 치고 있었다.

"엉뚱한 게 내리기 시작했네요."

여관 직원이 화기를 나르면서 안타까운 목소리로 말했다.

"요즘 어쩐지 습관처럼 자꾸 내려서 곤란하답니다."

하지만 내게 눈은 언제나 힘들지 않기에 오늘 아침에도 눈 속을 뚫고 숙소를 떠나왔다.

지금 우리가 탄 기차가 달려가는 산골 저편은 봄기운이

완연하고 해맑은 하늘이 펼쳐져 있을까. 아니면 비 내리는 찌무룩한 하늘일까. 가끔 그게 궁금해 창문에 얼굴을 바짝 가져다 대고 산골 저편 하늘을 올려다보지만 산들에 가로막힌 좁다란 하늘은 어디선가 힘차게 날아와 미친 듯이 춤추는 무수한 눈송이 외에는 아무것도 안 보였다. 눈의 춤판이 벌어지는 가운데 아까부터 약한 햇빛이 불쑥불쑥 차내를 비추었다. 썩 미덥지 못한 햇빛이라도 어쩌면 이 설국 밖으로 나가면 화창한 봄 하늘이 기다린다고 알려주는 느낌이었다.

바로 옆자리에 앉아 있던 중년 부부는 이 지역 사람으로 도매상 주인인 모양인데, 남자가 작은 소리로 뭔가 속삭이면 목에 흰 천을 두른 아파 보이는 여자도 엇비슷한 작은 소리로 맞장구를 쳤다. 특별히 우리를 배려해 작은 소리로 대화하는 것 같지는 않았다. 우리도 전혀 신경 쓰이지 않았다.

다만 어쩐지 맞은편 맨 앞자리에서 자세를 바꿔가며 드러누워 있는 겨울 외투 차림의 남자는 좀 신경 쓰였다. 종종 뭔가 생각난 양 불쑥 일어나서는 한바탕 발을 쿵쿵 구르는 버릇이 있었다. 그러면 옆자리에서 정면을 향해 앉아 외투로 다리를 감싼 채 책을 읽는 아내가 내 쪽을 돌아보며 살짝 얼굴을 찌푸렸다.

작은 역 서너 개를 지나는 동안 나는 여전히 홀로 기소강을 향한 창가에 꼼짝않고 앉아 있었다. 점점 눈은 보일락 말락 할 정도밖에 내리지 않았다. 왠지 섭섭해 창밖을 쳐다봤다. 이제 기소와도 이별이다. 변덕스러운 눈이여, 여행자가 사라진 뒤에도 조금 더 기소 산골에 내려주기를. 아주 잠깐이라도 좋으니. 여행자가 눈 내리는 풍경을 어딘가 평원한 모퉁이에서 차분히 뒤돌아 바라다볼 수 있도록.

잠시 이런 생각에 잠겨 멍하게 있을 때였다. 어쩌다 그만 중년 부부의 작은 대화 소리가 귀에 들어왔다.

"여보, 지금 저쪽 산에 하얀 꽃이 피어 있었잖아. 무슨 꽃이지?"

"목련꽃 아닌가."

그 말을 듣자마자 서둘러 몸을 돌려 고개를 쑥 내밀고 부부가 가리키는 그쪽 산마루에 핀 목련 비슷한 하얀 꽃을 찾으려고 애썼다. 지금 그들이 본 꽃이 아니더라도 근처 산에 하얀 꽃을 피운 나무가 더 있지 않을까 싶었다. 여태껏 혼자 멍하니 제 창문에만 매달려 있던 자가 느닷없이 주변을 두리번거리니 옆 부부는 무슨 일이라도 생겼나 하는 얼굴로 내 쪽을 쳐다봤다. 어쩐지 겸연쩍었다. 그래서 벌떡 일어나 마침 비스듬히 마주 보는 자리에 앉아 변함없이 책을 열심히 읽는 아내에게로 걸어갔다.

"모처럼 여행을 왔는데 책만 읽는 사람이 어딨어? 가끔은 산 경치라도 보라고……."

이렇게 말하고는 아내와 마주 보고 앉아 그쪽 창밖을 찬찬히 둘러봤다.

"여행지가 아니면 책도 제대로 읽을 수 없는걸요."

아내는 자못 못마땅한 표정을 지으며 나를 바라봤다.

"음, 그런가."

사실을 말하자면 아내에게 뭐라 불평할 생각은 없었다. 그저 잠깐이라도 좋으니 아내가 시선을 창밖으로 돌려 나랑 같이 근처 산마루에서 새하얀 꽃을 떼 지어 피우고 있을 목련을 한두 그루 찾아내 여행의 흥취를 맛보고 싶을 뿐이었다. 그래서 아내의 대답에도 아랑곳없이 그저 조금 목소리를 낮춰 다시 말했다.

"저 부부가 건너편 산에 목련꽃이 피어 있다네. 좀 보고 싶은데 말이야."

"어머나, 못 보셨구나."

아내는 즐거워 어쩔 줄 몰라 하며 내 얼굴을 쳐다봤다.

"그렇게 몇 개나 피어 있었는데……."

이번에는 내가 자못 불만스러운 표정을 지어 보였다.

"전, 아무리 책을 읽어도 지금 어떤 경치이고 어떤 꽃이 피어 있는지 정돈 확실히 알고 있지요."

"뭐, 어쩌다 운이 좋아 보였던 거야. 난 줄곧 기소강 쪽만 보고 있었거든. 강변에는……."

"어라, 저기 한 그루 있네요."

아내가 갑자기 산 쪽을 가리켰다.

"어디?"

아내가 가리킨 곳을 재빨리 살펴봤지만 고작 뭔가 새하얀 물체를 얼핏 봤을 뿐이었다.

"지금 본 게 목련꽃인가?"

나는 멍하니 물었다.

"어쩔 수 없는 분이네요."

아내는 왠지 자신만만해하며 말했다.

"좋아요, 다시 찾아줄게요."

하지만 좀처럼 새하얀 꽃이 핀 나무는 보이지 않았다. 함께 창문에 얼굴을 바싹 들이대고 찾아봐도 아직 봄이 덜 찾아온 시들시들한 산을 배경으로 어디선가 날아온 눈가루가 팔랑팔랑 흩날리는 모습만 눈에 들어왔다.

나는 그만 포기하고 잠깐 가만히 눈을 감았다. 끝내 이 눈으로 목련꽃을 보지 못했다. 설국 봄에 맨 먼저 피어난다는 목련이 어딘가 산마루에 우뚝 서 있는 자태를, 그저 마음속으로 떠올렸다. 그 새하얀 꽃에서 방금 전 내린 눈이 녹아 물방울처럼 뚝뚝 떨어지고 있을 게 틀림없었다.

아침의 꽃

오카모토 가노코 岡本かの子

오카모토 가노코는 봄이면 신경쇠약에 시달렸다. 그때마다 원시적 생명력이 넘치는 꽃을 보며 위로받았다. 특히 벚꽃을 가장 좋아해 벚꽃을 소재로 한 작품을 다수 남겼는데, '벚꽃'이란 제목으로 "벚꽃 목숨 다해 필 테니. 목숨 걸고 나는 바라본다"를 비롯한 단가 백삼십팔 수를 1924년 『중앙공론』에 한 꺼번에 발표해 화제가 됐을 정도다.

「아침의 꽃」은 1940년 11월 출간된 『연못을 향해』에 실린 글이다.

어마어마한 벚꽃이 흩어졌다. 나뭇가지는 휑뎅그렁하고…… 팔다리를 한껏 하늘로 내뻗은 봄 벚꽃은 찰랑, 찰랑 찰랑 어딘가로 날아갔다. 하늘이 한순간 활짝 갰다. 아주 고요하고 쓸쓸하다. 꾹 참고 가만히 하늘을 올려다본다. 서서히 한 가장자리부터 하늘이 물기를 머금기 시작하더니 온 하늘에 번진다.

그 순간 5월 아침 공중에는 점점이, 점점이, 점점이…… 길쭉하고 단단한 연보랏빛 방울, 오동나무꽃이다. 멋스럽고 다소곳하며 수수하고 맑다. 떼 지어 있어도 실은 고독한 존재로 의젓하지만 꽤 영리하다. 은은하면서도 상쾌한 오동나무꽃.

오동나무보다 훨씬 키가 큰데도 소심한 멀구슬나무의 작디작은 꽃. 필 만큼 다 피고 나면 마음껏 느긋하게 살랑살랑 불어오는 바람에 몸을 맡긴 채 새하얀 은모래 꽃가루를 거리에 한가득 깔아준다.

좀 더 나가볼까요. 저기, 커다란 붉은 옥이며 흰 옥이며 마노석을 보물인 양 푸른 잎줄기가 똑바로 떠받친 튤립! 루비와 자수정의 파편 같은 스위트피. 공작새 꽁지에서 화려한 무늬만 뽑아 늘어놓은 팬지. 구미의 꽃이라고 업신여기면서도 사람들은 너나없이 5월 화단 한가운데에 보석처럼 아리따운 이 꽃들을 정성스레 키운다. 이런, 꽃들 위에 밤새 맺힌 이슬이 아침 햇살을 받자마자 향기롭고 아련한 아지랑이로 피어올라 옷자락을 적신다.

잠시 멈춰 자세히 들여다보니 반쯤 핀 흰 장미꽃 그늘 아래, 비료를 갓 뿌린 뿌리 근처 붉은 흙 위에 이제 막 태어난 새끼 두꺼비가 아장아장 걷고 있다. 앗! 채소 장수가 큼직한 양배추와 오렌지를 갖고 왔다. 부엌 쪽에 알려줘야지.

" 그 순간 5월

아침 공중에는

점점이, 점점이, 점점이······ "

오카모토 가노코

봄과 아수라

미야자와 겐지宮沢賢治

1896년 이와테현 출생. 1915년 이와테대 농학부에 입학, 동인지 『아자리아』
를 창간해 단가와 동화를 발표했다. 1921년 동화 작가를 꿈꾸며 도쿄 인쇄
소에서 일하며 창작에 몰두하다가 여동생의 병 소식에 고향으로 돌아왔다.
이후 농업학교 교사로 재직하며 '심상스케치'라 이름 붙인 자유시를 쓰기 시
작했고, 1924년 동화집 『주문이 많은 요리점』을 자비 출판했다. 1926년 교
사를 그만두고 농민운동을 펼치는 한편 꾸준히 작품을 발표했지만, 끝내 빛
을 보지 못한 채 1933년 9월 21일 서른일곱 살에 세상을 떠났다. 사후 미완
성인 채로 『은하철도의 밤』이 출간돼 재조명받았다.
「봄과 아수라」는 1924년 4월 출간된 『봄과 아수라』에 실린 글이다.

(mental sketch modified)

심상의 회색 강철에서
으름덩굴은 구름에 휘감기고
찔레나무 덤불이며 썩어버린 습지
마음은 온통 아첨의 무늬
　(한낮 관악보다 세차게
　호박 파편이 쏟아질 때)
분노의 씁쓸함 또는 서투름
4월 공기에 비치는 햇빛 속을
침 뱉고 이 갈며 오가는
나는 한 명의 아수라로다
　(풍경은 눈물에 일렁이고)
시야에 들어오는 흩어지는 구름
　밝고 빛나는 하늘 바다에는
　　수정처럼 투명한 바람이 불어오고
　　늘어선 봄의 실측백나무ZYPRESSEN
　　　새까만 빛 입자 들이마시고
　　　그 어두운 걸음걸이에서
　　　천산 눈 덮인 귀퉁이마저 빛나는데

(아지랑이 물결과 새하얀 쏠림빛)

참된 말은 사라지고

구름은 흩어져 하늘을 난다

아, 반짝이는 4월 속을

이 갈고 불타오르며 오가는

나는 한 명의 아수라로다

(옥수 같은 구름이 흘러가고

어디선가 울어대는 봄새)

태양이 푸르게 아른거리면

아수라는 나무숲과 어우러져 울고

두려빠진 어두운 하늘에서

까만 나무 무리가 널리 퍼지며

그 가지 서글프게 우거지니

모든 이중의 풍경

영혼 잃은 숲 우듬지에서

번쩍이며 날아오르는 까마귀

(공기는 더욱더 말개지고

노송나무도 조용히 하늘을 향할 때)

금빛 풀밭을 지나오는 자

무사히 사람 모습을 한 자

도롱이를 걸치고 날 보는 저 농부

정말 내가 보이는 걸까

눈부신 공기의 바다 속에

  (슬픔은 푸르디푸르게 깊고)

실측백나무ZYPRESSEN는 고요히 흔들리고

새는 다시 파란 하늘을 가른다

  (참된 말은 이곳에 없고

   아수라의 눈물은 땅에 떨어진다)

새삼스레 하늘 향해 숨을 쉬면

희읍스레한 폐는 오그라들고

  (이 몸 하늘에 작은 먼지로 흩어지니)

은행나무 우듬지 다시 빛나고

실측백나무ZYPRESSEN는 마침내 까매지고

구름 불꽃은 내리쏟아진다

4장、여름。

고양이

기타하라 하쿠슈北原白秋

1885년 구마모토현 출생. 1904년 와세다대 영문과에 입학, 이듬해 와세다학보 현상공모에서 「전도각성부」가 입선하며 시단에 데뷔했다. 1909년 일본에서의 선교사 이야기를 그린 시집 『사종문』으로 명성을 쌓은 이후 관능미와 서정미 넘치는 시를 주로 짓다가 1918년부터 아동 잡지 『빨간 새』에 동요와 동시를 다수 발표했다. 1926년 문예지 『근대풍경』, 『신시론』을 발행하며 당대 시단을 이끌었다. 한국 문인과도 인연이 깊은데, 김소운이 그의 문하에서 공부했고 정지용이 『근대풍경』에 시 「카페 프랑스」를 발표했다. 1942년 11월 2일 쉰일곱 살에 세상을 떠났다.

「고양이」는 1911년 6월 출간된 『추억 서정소곡집』에 실린 시다.

여름 한낮에 푸른 고양이
살포시 껴안으면 손 간지러워,
털 달싹이니 내 마음마저
감기 걸린 듯 달아오른다.

마법사일까, 금빛 눈에서
깊이 숨 쉬는 오싹함.
던져 떨어뜨리면 두둥실,
초록빛 땀방울만 빛난다.

이런 한낮에 있긴 해도
보이지 않는 이여 숨어 있어라.
온 살갗 귀처럼 곤두세우고
보리 내음에 뭔가 노린다.

여름 한낮에 푸른 고양이
볼에 비벼 대니 아리따워라,
깊고 그윽한 오싹함이란
차라리 평생토록 껴안으리라.

시원한 은신처

하야시 후미코林芙美子

하야시 후미코는 1932년 유럽 여행을 마치고 돌아와 도쿄 신주쿠에 집세 50엔짜리 2층집을 빌려 지방에서 행상을 하던 부모님을 모셔왔다. 오랜만에 가족과 함께 살게 됐지만, 타고난 방랑자 기질로 인해 그녀는 글을 쓰다 막히면 훌쩍 여행을 떠나곤 했다. 돈이 바닥날 때까지 이곳저곳을 돌아다녔고, 돌아와선 단편과 수필 등을 써서 받은 원고료로 가족의 생계를 책임졌다. 「시원한 은신처」는 1934년 9월 출간된 『부엌 잡담』에 실린 글이다.

세상을 떠난 노아유 부인*이 지은 시에 이런 구절이 있다.

시원한 은신처 안으로 들어가면 과일 향기 아마 맑고
서늘하리라, 엉겁결에 망설이며 귀를 기울인다

이 '시원한 은신처'라는 멋진 말이 좋아서 수없이 읊조렸
다. 마음이 차분해지면서 이처럼 아름답고 의미가 넓은 말
은 일찍이 어떤 시인의 작품에서도 발견하지 못했다. 아주
얄미울 정도로 근사한 문장이다.

나는 대개 이슥한 밤에 일을 하는데, 가족이 모두 잠들어
고요한 집 한구석에서 펜 소리만이 들려오면 어쩐지 쓸쓸해
진다. 너무 노인 같다는 생각도 든다. 손에 잉크 얼룩이 지면
이상하리만치 조바심이 나서 더는 글이 써지지 않을 때도
있다.

한여름을 썩 좋아하지 않지만 한여름 밤에 켜진 등불은
매우 서정적이라 좋다. 오랫동안 전등을 쓰다가 1년쯤 파
리에 살며 처음으로 램프를 사용해봤다. 램프 불빛은 계절

* 노아유 부인(Anna De Noailles 1876~1933) 프랑스 시인. 첫 시집 『무수한 가슴』으
로 인기 작가가 된 이후 『눈부심』, 『영원의 힘』 등을 통해 사랑과 자연과 죽음
을 노래했다.

에 따라 느낌이 달라져서 변덕스러운 내게는 밤 방문이 무척이나 즐거웠다. 그래서 일본으로 돌아오고 나서도 시골에서 찾아낸 붉은색과 녹색으로 칠한 종이 갓이 달린 고풍스러운 양등을 책상 위에 올려놓고 그 불빛 아래서 펜을 획획움직인다. 더없이 마음이 편안하다.

나는 생각한다. 여름밤에는 오래된 차가운 우물이 있고 복숭아나무 잎이 무성하며 창가에 양등이 놓인 소박한 은신처 하나쯤 갖고 싶다고. 여름밤이 좋아서일까. 펜을 움직이다가 지치면 문득 가칠가칠한 방 안을 둘러본다. 이윽고 외로워진다. 아, 그런 방에서 노아유 부인처럼 아름다운 문장을 쓰고 싶다.

그대여, 어스름한 라일락꽃 가까이 상냥한 칠엽수 그늘로 가면 보이지 않나요, 어찌 거부할 수 있으랴. 내 영혼이 속삭이듯

투명한 문장이란 문화생활을 누린다고 쓸 수 있는 게 아니다. 여름철 깊은 밤에 일하다 진이 빠지면 고독한 내 그림자와 소용돌이치는 모깃불 연기를 왠지 쓸쓸히 바라보면 나만의 갖가지 시를 짓는다. "산에 틀어박히고 싶네" 이렇게

읊조리다가 "밤, 나뭇잎이 바람에 나부끼는 소리가 좋구나" 되는 대로 내뱉는다. 마치 어린아이 같다.

시 짓기에도 질리면 책상 위 양등을 쳐다본다. 그 양등이 연출하는 동그란 불빛이 촉촉한 흙처럼 곱다. 문은 단단히 잠겨 있다. 집안사람 다 푹 잠들어 있다. 이 집에서 이곳만 고요하고 시원한 은신처가 아닐까.

펜을 내려놓고 눈을 감는다. 양등 심지가 타들어 가며 지글지글…… 소리가 들린다. 창문을 열어본다. 새벽이 다가오니 작은 새들은 벌써 일어날 채비를 하는지 서재 처마 밑에서 기운차게 수다를 떤다. 창문 아래에는 옆집에서 넘어온 커다란 아카시아 나뭇가지가 쭉 뻗어 있다. 비가 내리면 밤새 오슬오슬 떨며 젖어가는 모습이 홀로 일어나 앉아 글 쓰는 나와 닮은 듯해, 양등을 창가에 바싹 갖다 대고는 한밤중 비에 젖은 나무를 내려다본다. 꽤 달콤한 시간이다. 내게는 이 달콤함과 열정이 값지다.

아, 오늘 밤, 내 어깨에 기댈 젊은 남자의 가슴을 원해. 로맨틱한 버드나무 그늘에도 상냥해지는 내 마음의 나른함이여, 그 사람을 끌어당기길

다시금 노아유 부인의 말을 빌린다. 이 얼마나 여성스러운가. 이 얼마나 귀여운 여인의 노래인가. 사랑을 이토록 기품 있게 표현한 여성의 시를 알지 못한다. 시원한 은신처라는 말이 지닌 폭넓은 감성이 부럽다. 노아유 부인의 열정이 사랑스럽다. 내 시원한 은신처는 끝내 공상에 그치고 말 것 같다.

복숭아나무 잎이 무성하고 차가운 오래된 우물이 있는 시원한 은신처를, 나는 무더운 여름밤마다 어린아이처럼 꿈꾼다. 그런 생각이 듦은 필시 혼자 지내는 생활을 동경하는 마음이 있어서일 텐데, 이처럼 시원함을 좇는 동안이 행복한 때인지도 모른다.

대가족 사이에서 사치를 부리지도 못하고 번거로운 일투성이에 여유 없는 생활이긴 해도 가슴 한구석에 숨통이 트이는 시원한 은신처를 만든 것만으로도 구름처럼 자유로울 수 있다. 원고지를 껴안고 글로 먹고사는 가난한 사람이 부릴 법한 사치란 이 정도이리라.

시골티가 나지만 당분간 책상 위에 놓여 있을 양등은 온갖 무거운 생각에 빠진 내게 강물 같은 빛을 내려준다. …… 근데 지금으로선 시원한 은신처는 어디에나 있으리란 안도감도 쑥쑥 커진다.

" 여름밤이 좋아서일까.

펜을 움직이다가 지치면

문득 가칠가칠한

방 안을 둘러본다.

이윽고 외로워진다. "

하야시 후미코

비 오는 날 향을 피우다

스스키다 규킨薄田泣菫

스스키다 규킨은 1917년부터 파킨슨병을 앓았다. 1919년에는 다니던 마이니치신문사를 그만두고 효고현 니시노미야시로 이사해 요양 생활을 시작했다. '잡초원'이라 이름 붙인 집에서 아내와 함께 지내며 수필 창작에 몰두했지만, 병은 악화해 1923년부터는 여러 차례 병원 신세를 졌다.
「비 오는 날 향을 피우다」는 1926년 9월 출간된 『태양은 풀 향기가 난다』에 실린 글이다.

올해 장마는 틀림없이 마른장마라고 하더니, 장마철로 접어들어 오늘까지 두 차례나 비가 내렸다. 그것도 좍좍 쏟아졌다.

나는 비 오는 날이 좋다. 화창한 맑은 날에는 느끼지 못하는 고요함을 맛볼 수 있기 때문이다. 날마다 내리는 장맛비는 나처럼 늘 잔병치레로 골골 앓는 사람에게는 다소 우울한 감이 있지만, 얼마쯤 바깥세상의 소란에서 벗어나 차분한 마음을 느긋하게 음미하는 일이 기쁘기 그지없다.

장마철에 비가 촉촉이 내리는 날에는 좋아하는 책을 읽는 시간조차 아까울 만큼 마음이 차분해진다. 뭔가 멋진 작품이 써진 것 같아도 글 쓰는 시간조차 아까워 되도록 아무것도 하지 않는다. 조용히 마음 깊은 곳으로 내려가서 홀로 노닐며 홀로 즐기고 싶다.

향은 언제 어디서 피워도 좋은데, 특히 장맛비 속에서 향내음을 맡는 것만큼 마음이 가라앉는 일도 없다. 내 취향에 맞춰 요즘은 백단향을 쓴다. 초록색 나뭇잎에 빗방울이 떨어지는 소리를 들으며 눈을 감고 가만히 온 방 안에 감도는 은은한 향기를 맡는다. 그러면 영혼이 육체를 떠나 가본 적 없는 숲속 오솔길을 떠돌아다니는 기분이다. 비는 마음에 내리쏟아져 자연스레 촉촉하고 부드럽게 깊이 스며든다.

이 촉촉함과 부드러움은 '자연'과 '내'가 하나가 되는 데 있어 꼭 필요한 최고의 매개체다. 내 영혼이 우주의 커다란 영혼과 교감한다. 풀과 나무, 새와 벌레의 작은 정기와 살며시 이야기를 나눈다. 지금은 옛 자취를 찾아볼 수 없는 무덤에서 고인을 불러내어 지난날을 속삭인다. 향이 타며 올라오는 연기가 사그라들고 향내가 희미해질 쯤이면 내 마음도 살짝 지친다. 일어나서 창문을 열어젖힌다. 마음속에만 쏟아진다고 생각했던 비는 밖에서도 쏟아지고 있다.

어스레한 정원 한구석에 꽃이며 잎에서 물방울이 떨어지도록 비를 흠뻑 맞고 선 수국이 보인다. 저승의 꿈이라도 꾸는 듯 눈가에 파르께한 미소가 어린 수국은 장마철에 없어서는 안 되는 꽃 가운데 하나다. 치자나무꽃, 자귀나무꽃. 모두 낮 동안 꿈을 꾸는 꽃이지만 수국처럼 쓸쓸하고 우울한 꿈을 꾸는 꽃은 없다.

수국 바로 옆에 붉고 흰 접시꽃이 비에 젖은 채 피어 있다. 장마철 비와 날이 갠 사이 내리쬐는 햇빛을 번갈아 듬뿍 맛보려고 줄기는 기둥처럼 곧게 우뚝 솟았으면서 꽃은 죄다 옆을 바라본다. 접시꽃이 그려진 오가타 고린의 그림과 오가타 겐잔의 그릇을 본 적 있다. 형제가 서로 상담해서 만들었다고 생각될 만큼 똑 닮았다. 두 작품 다 줄기와 꽃의 회화적 재미를 잘 표현했다. 다만 땅에서 하늘을 향해 곧바로 솟아오르는 접시꽃이 지닌 힘차고 투박한 아름다움은 동생인 겐잔이 만든 그릇에서 더 느꼈다. 작가의 인품이 투영된 탓일지도 모른다.

머지않아 빗줄기가 가늘어지더니 이윽고 석양빛이 조금씩 비치기 시작한다. 습기를 머금은 신선한 바람이 휙 불어오자 비에 푹 젖어 엎드려 있던 나무들이 강아지가 몸을 흔들며 물기를 털어내듯 온몸에 묻은 빗방울을 튕기며 기운차게 일어선다. 오래 울고 난 뒤의 기쁨. 고요한 상쾌함이 주변에 흘러넘친다. 저물녘, 잎이 짝을 지어 오므라드는 자귀나무를 찬찬히 바라본다.

> " 사랑하는 자여,
> 우리 시골로 내려가
> 작은 동네에서 살자. "

건살구

가타야마 히로코 片山廣子

가타야마 히로코는 마흔두 살에 남편과 사별한 뒤 죽을 때까지 무사시노대지에 자리한 스기나미구 시모타카이도라는 작은 동네에서 글을 쓰고 시를 지으며 살았다. 특히 1948년 9월 계간지로 창간된 『생활의 수첩』을 통해 소소한 일상을 절제된 언어와 우아한 문체로 풀어낸 수필을 발표해 인기를 끌었다. 『생활의 수첩』은 1968년부터 격월로 발행되며 지금도 일본 최고의 생활잡지로 꼽힌다.

「건살구」는 1948년 9월 잡지 『생활의 수첩』에 실린 글이다.

열 평이 채 안 되는 잔디 정원이다. 오래도록 손질하지 않은 탓에 온통 잡초로 뒤덮여 야생 잔디밭이 되어버렸다. 하지만 들과 숲과 길이 전부 푸르러지는 계절이면, 우리 집 야생 잔디밭도 눈부시게 푸르다. 정원 한가운데에서 약간 서쪽으로 치우친 곳에 은행나무 한 그루가 자란다. 가지치기한 탓에 땅딸막하게 살이 올라 무수한 가지를 사방으로 내뻗고 있다. 옛날 무사시노 들판에서 한 그루의 은행나무가 바람에 흔들리던 풍경을 이따금 내 마음에 그려준다.

지난해 초여름, 야생 잔디밭에 이변이 하나 일어났다. 정원 맨 가장자리에 난 풀 한 포기가 작디작은 파란 꽃망울을 터뜨렸다. 어쩐지 낯익어 자세히 들여다보니 오호, 물망초였다. 우아하고 푸르며 가녀린, 나긋나긋한 수많은 꽃이 여름이 깊어질 때까지 피어 있었다. 비가 오든 햇빛이 나든 늘 바라봤다. 올해도 5월이 되자 작년에 꽃이 보였던 부근에 물망초가 몇 포기 나더니 한가득 꽃을 피워냈다. 개중 잔디 위로 핀 꽃송이는 아침저녁 햇빛을 받으면 얼핏 파르스름하게 보였다.

오늘도 장맛비 같은 비가 내린다. 은행나무는 하얀 물방울을 사납게 떨어뜨리고 잔디는 늪에서 자라는 풀처럼 푹 젖어 있다. 물망초는 이제 꽃이 몽땅 지겠구나. 유리창 너머로 정원을 내다보며 차를 끓이다가 생각했다. 차향이 방 안에 흘러넘친다. 마시는 즐거움보다 향내를 맡는 즐거움이 더 크다. 콧속으로 잔잔히 스며드는 향기는 목구멍으로 넘어가는 찻물보다 훨씬 신선했다.

건살구를 두세 개 집어 먹으며 이건 미국 어디에서 여문 살구일까, 상상해본다. 건살구에서 건포도로 이어진다. 건대추도 떠올린다. 건무화과도 생각한다. 죄다 달콤하기 그지 없는 데다 동양적인 맛이 난다. 예전에는 가게 '메이지야'나 '가메야'에서 사 들고 와서 과자와는 다른 소박하면서도 은은한 단맛을 즐기곤 했다. 뜻하지 않게 이번 배급으로 전혀 배급답지 않은 음식을 맛볼 수 있었다.

나는 유달리 건무화과를 좋아했다. 옛날에 읽은 성경책에도 건무화과랑 건대추가 종종 나왔다. 뜨거운 나라의 산물이니, 동방박사들이 별에 이끌려 유대 베들레헴 마을로 그리스도 탄생을 축하하러 갈 때 가져간 선물 속에도 있지 않았을까. 솔로몬 왕이 말하길 "바라건대 너희는 건포도로 내 힘을 보충하고 사과로 내게 힘을 주어라. 내가 사랑해서 병이 생겼음이라." 『아가서』를 쓴 사람은 단것과 신 것을 먹으며 연인과 사랑을 나누었던 모양이다.

"갖가지 향료를 손에 들고 몸에서 향내를 풍기며 연기 기둥처럼 황야에서 찾아온 이는 누구인고?" 솔로몬 왕이 시바 여왕과 처음 마주한 날도 생각난다. 세계가 시작된 이래 이들만큼 슬기롭고 부귀하며 위대한 남녀는 없었다. 두 사람은 사랑에 빠져 평범한 사람 못지않게 고민한다. 그리고 지혜로운 그들은 그저 순간의 꿈인 양 사랑을 끊고 헤어진다.

시바 여왕이 솔로몬 왕의 명성을 듣고 어려운 문제로 그를 시험하고자 찾아왔다. 많은 시종을 거느리고 온갖 향료와 어마어마한 금과 보석을 낙타에 싣고 예루살렘에 와서, 솔로몬 왕에게 나아가 마음속에 품고 있던 모든 것을 물어보았고 솔로몬은 그 물음에 다 대답하였다. 솔로몬 왕은 모르는 것이 없으니 답하지 못하는 것이 없도다. (중략) 시바 여왕이 솔로몬 왕에게 준 것만큼 많은 향료가 들어온 적은 이제껏 없었다. 솔로몬 왕은 시바 여왕에게 보답으로 선물을 주었을 뿐만 아니라 여왕이 갖고 싶어 하는 것을 청하는 대로 다 주었다.

구약성서의 한 구절이다. 여기에 꽃처럼 요염하고 아리따운 로맨스 장면은 없지만 두 사람이 서로 사랑한 건 아마 진짜였던 것 같다. 예이츠의 시에도 있으니.

사랑하는 그대여, 우리 종일 똑같은 마음을 이야기하다
가 아침이 저녁이 되고, 짐말이 비 내리는 수렁을 종일
파헤치고 또 갈아엎다 다시 원래대로 되돌리는 것처럼,
우리 바보들이여, 똑같은 마음을 종일 이야기한다.

지금 곁에 시집이 없어 확실히 기억나진 않지만 여왕도 이
에 화답해서 비슷한 한탄을 노래했다. 솔로몬 왕과 시바 여
왕이 온종일 이야기를 나눈 궁전 바닥은 초록색이었다고 적
혀 있다. 그다지 음식을 먹지도 술을 마시지도 않은 채 그저
건살구를 먹고 건포도를 먹고 시원한 과즙을 조금씩 마시
며 밤낮없이 대화를 이어갔는지도 모른다.

여왕이 고향으로 돌아가는 날, 왕이 준 선물을 잔뜩 실
은 수십 마리의 낙타와 말과 당나귀 그리고 시종들이 사막
에 모래 섞인 누런 먼지기둥을 하늘 높이 일으키며 천천히
나아갔다. 왕은 전망대에 올라서서 아스라이 멀어져가는 그
모습을 바라봤다. 여왕이 머물렀던 궁전 손님방에는 동양
과 서양이 섞인, 세계에서 가장 아름다운 향기를 모은 향료
가 그녀의 숨결처럼 남아 왕을 슬프게 했으리라.

"내가 사랑하는 자여, 우리 시골로 내려가 작은 동네에서
살자"라는 노래를 솔로몬이 읊었다면…… 그건 왕궁에서 태

어나 자란 탓에 다른 세상을 모르는 가장 부귀한 사람의 꿈
이었을 테다. 아, 얼마나 해맑은 꿈인가.

나는 시골 마을 작은 집에서 내리는 비를 바라보며 건살
구를 먹는다. 세 알의 단맛을 맛보는 사이 머나먼 나라 궁전
꿈을 꾸었다. 잠에서 깨어나 주위를 보니 어딘가 허전하다.
정원을 내다보고 방 안을 둘러본다. 아무 꽃이라도 한 송이
있었으면 좋겠다. 방 안에는 거의 색깔이 없다. 오직 선반에
늘어선 얼마 안 되는 책등 색깔이 있을 뿐이다. 자홍색 하
나랑 노란색이랑 청록색이랑.

작은 옷장 서랍에서 오래된 향수를 꺼낸다. 외국 물건은
더 이상 이 나라에 들어오지 못한다고 할 무렵에 긴자에서
산 우비강* 향수. 요 몇 년간 삼베 수건도 향수도 서랍 밑바
닥에 잠들어 있다. 지금 그 병뚜껑을 열고 낡아빠진 쿠션에
뿌려본다. 은은하고 그윽한 게 어느 꽃을 닮았다고 말할 수
없는 향기다. 정원에서 사라져버린 물망초 목소리를 들은
것처럼 훈훈한 공기가 방 안을 감싼다. 시골 마을에서는 비
오는 날도 즐겁기 그지없다.

---

* 우비강은 1755년 창립한 프랑스 향수 브랜드. 유럽 왕실로부터 사랑받은 명품
으로 마리 앙투아네트가 처형 직전 뿌리길 원했다는 일화가 유명하다.

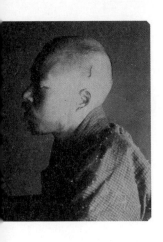

여름밤 소리

마사오카 시키正岡子規

1867년 에히메현 출생. 1884년 제일고등중학교에 입학, 하이쿠를 짓기 시작했다. 1890년 도쿄대 철학과에 진학하지만 이듬해 국문과로 전과해 하이쿠와 계절어 분류 작업에 몰두했다. 1892년 어머니와 여동생을 도쿄로 불러 함께 사는 한편 니혼신문사에 입사해 하이쿠 시평을 담당했다. 이듬해 대학을 그만두고 하이쿠 창작에 전념하며 나쓰메 소세키 등과 동인 활동을 이어 갔다. 1896년 결핵균이 척추로 옮아 걷지 못하자 병상에서만 지냈다. 모르핀 없이는 참기 어려운 고통에 시달리면서도 삶에 대한 열정을 담아 글을 쓰다가 1902년 9월 19일 서른다섯 살의 나이로 세상을 떠났다.

「여름밤 소리」는 미발표된 글로 『마사오카 시키 전집 12』에 실려 있다.

때는 1899년 7월 12일 밤, 장소는 가미네기시 어느 저택 내 가장 안쪽 집, 4평짜리 방 한가운데 병상을 놓고 남쪽 장지문을 활짝 열면 우에노에서 불어오는 바람이 어두운 정원을 지나 머리맡 등불을 흔든다. 나는 옆으로 누운 몸을 조금이나마 일으킨 채 한 손으로 머리를 받치고 다른 한 손으로 모기를 쫓느라 여념이 없다.

오후 8시부터 9시까지.

북쪽과 맞닿은 부엌에서 물병에 담긴 물을 쏟아붓는 소리, 밥공기며 접시를 닦는 소리가 겨우 그쳤다. 하지만 남쪽 담장 너머 공동 우물에서는 아직 두레박 소리가 난다. 담장 밖에 모여든 어린애들의 불꽃놀이 소리가 끊기고 남쪽 집 아이는 제집으로 돌아갔다. 남동쪽 모스 씨 집에서는 아이 둘이서 노래를 부른다. 끝내는 마루방에서 발로 박자를 맞추기까지 한다. 남쪽 집에서는 갓난아기가 운다. 남쪽으로 골목 하나를 사이에 둔 일본철도 기차는 뭇사람 소리를 뭉개버리고 시끄럽게 지나갔다.

벌레 한 마리가 어디로 들어왔는지 머리맡에 놓아둔 벼룻집 가까이에서 희미하게 불빛을 비춘다. 어머니는 장을 보러 사카모토에 가셨다. 우에노 숲에서 이제껏 울던 올빼미가 딱 울음을 그쳤다. 공동 우물가에서 발소리가 멎더니 여자 둘이 이야기를 나누기 시작했다. 한두 마디 말이 오가다가 끊기고 발소리는 남쪽 집으로 향했다.

예의 노랫소리는 한 번 끊겼다가 다시 들려왔다. 이번에는 "중국의 쨍쨍 꼬마 녀석은 너무 약해빠졌어"라는 노래였다. 잠시 후 곡예를 익살스레 설명하는 사회자의 말로 바뀌었다. 동시에 두세 명이 주저리주저리 떠들어대더니 막판에는 한바탕 웃음을 터뜨렸다. 차량이 적은 기차가 지나갔다.

오후 9시부터 10시까지.

동쪽 옆집에 이 저택 문지기가 와서 마당에 선 채로 이야기를 주고받다가 금세 돌아갔다. 남쪽 집 창문에서 밖으로 가래를 뱉었다. 누군가 공동 우물로 물을 길으러 왔다. 장지문을 닫았다. 남쪽 집 사람이 어두우니 문 앞에서 목욕을 하는 모양이다. 하행 열차가 지나가자 멀리서 개들이 컹컹 짖어댄다. 체온을 잰다, 38.5도. 다 씻었는지 부채로 엉덩이인지 어디인지를 치는 소리가 난다.

발소리가 났다. 남쪽 뒷문이 열렸다. 어머니는 작은 등롱과 부처꽃을 손에 들고 돌아오셨다. 올해는 사카모토 거리가 넓어져 백중맞이에 부처님께 올릴 화초나 물품 파는 가게가 잔뜩 나와 북적였다고 이야기하신다.

기차가 또 지나간다. 곧바로 한 칸짜리 기관차가 뒤를 잇는다. 남쪽 집에서 문단속하는 소리가 난다. 남동쪽 집에서 문단속하는 소리가 난다. 사위가 잠시 조용하다. 안방에 딸린 작은 방에서 향 피울 때 쓰는 겨릅대 꺾는 소리가 난다. 우에노에서 10시를 알리는 종이 들려온다.

오후 10시부터 11시까지.

하행 열차가 지나가고 한 칸짜리 기관차가 기적을 울려대며 이번에는 내려갔다. 곧이어 상행 열차가 왔다. 우에노역 안에서 기관차가 증기를 내뿜으며 출발하는 소리가 들린다. 개구리 소리가 점점 커진다. 저 멀리서 개가 끊임없이 짖는다. 문 앞에 있는 개가 따라 짖는다. 또 누군가 물을 길으러 왔다. 동쪽 옆집에서 덧문을 닫는다. 별이 보이네, 라고 중얼거린다. 문을 걸어 잠그는 소리를 들으며 모기장을 치고 잠자리에 든다.

오후 11시부터 12시까지.

머리맡 시계 소리만 들리고 세상은 더없이 조용하다. 툇마루에 올려둔 새장 속 메추라기가 뭔가에 놀란 듯 뛰어오르는 소리가 난다. 깜빡 잠든 사이 기차가 지나간 듯하다. 갑자기 앞문을 세차게 두드리는 소리에 잠이 깼다. 무슨 일인가 했더니 신문 배달원이 누군가를 깨워 신문이 오지 않은 일로 변명을 늘어놓고 있다. 12시를 알리는 종소리.

오전 0시부터 2시까지 깨어 있는 사이에.

오직 쥐 소리 한 번뿐. 바람 한 점 불지 않는다. 개도 짖지 않는다. 으르렁거리는 동물원 소리도 들리지 않는다. 늘 밤새도록 재잘거리던 메추라기도 쥐도 오늘 밤에는 떠들지 않는다. 장맛비 속 고요함, 이때야말로 별똥별이 반짝이며 떨어지리라.

" 옆집에서 덧문을 닫는다.

별이 보이네, 라고 중얼거린다.

문을 걸어 잠그는 소리를 들으며

모기장을 치고 잠자리에 든다. "

마사오카 시키

" 여름철에는

맨발로 있으면

기분이 상쾌하다. **"**

짧은 여름밤

시마자키 도손島崎藤村

시마자키 도손은 유럽에서 돌아온 뒤 1918년 도쿄 아자부 이쿠라 마을로 이사했다. 당시 아자부는 숲속 고지대라 개발이 늦은 탓에 도심이긴 했지만 한가로운 전원 풍경을 간직하고 있었다. 거처를 자주 옮겼던 것과 달리 조용한 이쿠라 마을이 마음에 들었는지 1936년 니혼바시로 이사하기까지 18년 동안 살았다. 1922년에는 일상 이야기를 담은 감상집 『이쿠라 소식』을 펴내기도 했다. 세상을 떠나기 직전 그가 남긴 말은 "시원한 바람이 부네"였다.

「짧은 여름밤」은 1930년 10월 출간된 『거리에서』에 실린 글이다.

매일같이 비가 내리더니 어느새 장마가 걷히는 계절로 접어든다. 마을을 소리치며 돌아다니는 대나무 장대 장수 목소리는 이 계절에 잘 어울린다. 누에콩을 팔러 오는 시기는 이미 지났다. 푸른 매실을 팔러 오는 것도 조금 지났다. 나팔꽃을 외치는 시원한 소리를 듣기에는 아직 좀 이르다. 지금은 풋고추 포대를 어깨에 짊어진 사내가 올 때다.

'정들면 고향이니.' 산골내기인 나는 꼭 그렇지도 않은 것 같다. 오히려 '정들면 시골'이라는 느낌이다. 실제로 지금 사는 동네에서 찾아낸 것은 도시 속 시골인데, 그래도 마을 중심지답게 아침저녁으로 물건 파는 장사꾼 소리가 끊이지 않는다.

"어디, 슬슬 모기장이라도 꺼내볼까." 아직 장마가 끝나지 않았을 무렵, 5월께부터 벌써 모기장을 치고 산다고 편지에 적어 보낸 사람에게 부치는 답장에 일부러 써넣으려고 했던 농담이다. 이 마을에서는 고작 한 달에서 한 달 반 남짓밖에 쓰지 못하기에 되레 모기장 칠 날을 즐겁게 기다린다. 모기장 안에 반딧불이를 풀어놓고 즐길 줄 알던 옛 시인들은 모기장족의 어엿한 일원임에 틀림없다.

그토록 유별나지도 않은 데다 차게 자서 배탈 날 걱정도 거의 없기에 나는 모기장 안에서 다리를 쭉 뻗고 마음껏 늘어지게 잔다. 그때의 기분이란, 뭐라 표현할 길이 없다. 베개 가까이 머리카락에 닿는 모기장 감촉도 마음을 찌른다. 모기장은 안에서뿐만 아니라 밖에서 볼 때도 좋다. 안으로 숨어든 모기를 태워 죽이겠다며 여기저기 가져다 놓은 촛불을 푸른 모기장 너머로 밖에서 바라보는 느낌은 여름밤이 아니면 맛볼 수 없는 정취다.

오래돼도 좋은 건 발이다. 잘 간수한 헌 발에는 새 발에 없는 운치가 있다. 두 겹으로 걸면 보는 재미가 쏠쏠하다. 발을 통해 또 다른 발에 비치는 사물은 유독 깊은 멋이 난다.

부채만은 새것이 제일이다. 요즘 도쿄 부채는 되는 대로 마구 만들어 질이 낮아진 탓에 여름 한철조차 버티지 못한다. 둥근 대나무 자루에 모든 부챗살이 대나무 하나에서 갈라져 나온 튼튼한 부채는 그다지 눈에 띄지 않는다. 훨씬 더 짧게 자꾸 변해가는 사람의 기호나 세간의 속내까지 보여주는 물건이 부채려나. 여하튼 모양도 뛰어나고 보기에도 시원하고 딱 알맞은 바람을 일으키는 부채를 골라잡았을 때는 더없이 기쁘다. 그런 부채를 집에 찾아온 손님에게 백중날 선물이라며 받으면 너무 좋다.

여름철에는 맨발로 있으면 기분이 상쾌하다. 겹옷에서 홑옷으로, 셔츠에서 하얀 무명 속옷으로 점점 여러 가지 옷을 벗은 뒤 계절에 어울리는 맨발에 다다른다. 사람 몸 가운데 발에 맨 먼저 시선이 간다고 말하는 버선 가게를 알고 있다. 직업 정신이 아니더라도 발을 보면 다종다양한 표정과 성질에 깜짝 놀란다. 맨발만큼 여름밤 생기를 잘 표현하는 것도 없다.

모기장, 발, 부채 그리고 맨발까지 두서없이 적어봤다. 여기에 좋아하는 음료와 음식도 조금 덧붙여볼까.

차에도 계절이 있다. 가장 잘 느껴지는 시기는 해차가 나올 즈음. 해차만큼 향기가 좋고 또 그만큼 빨리 잃어버리기 쉬운 녀석도 몇 안 되지 싶다. 뜨거운 물로 세 번쯤 우리는 사이 찻주전자 속 어린잎은 본맛을 모조리 잃는다. 차를 좋아하는 사람은 종종 경험하는 일이다. 해차가 나올 무렵이면 나는 새 찻잎과 묵은 찻잎을 섞어 즐겨 마신다. 6월을 넘기고 7월을 맞이하는 사이 새 차와 묵은 차의 구별이 사라지다니 흥미롭다.

해차를 이야기하다 보니 생각난다. 시즈오카 쪽에 사는 사람으로 해마다 어김없이 해차를 보내주는 미지의 친구가 있다. 1년에 단 한 번 편지를 보내는데 늘 해차와 함께 도착한다. 그토록 옛날을 잊지 못하는 사람도 드물다. 내 쪽에서도 해차 계절이 되면 이제 슬슬 시즈오카에서 소식이 올 때구나, 싶어 손꼽아 기다린다.

단출한 밥상이라도 만족하는 우리 집에서는 여름이면 가끔 손수 끓인 추어탕이 식탁에 오른다. 만찬의 계절이다. 미꾸라지는 여름이 제철인데, 나이 들면서 더욱 좋아졌다.

순채, 푸른 강낭콩, 오이, 가지까지 채소라면 뭐든지 다 맛있다. 여름에 한창 나오는 채소는 생김새까지 시원해서 마음에 든다. 겨울철이면 우리 집에서는 다른 집에서 얻어 온 술지게미를 항아리에 넣고 뚜껑을 닫은 뒤 틈새에 종이까지 발라 단단히 봉해 저장한다. 그걸로 가지가 나면 절임을 담근다. 올여름을 기다려온 즐거움 가운데 하나다.

밤이 짧은 여름철이 내 마음을 끄는 이유는 석양이 길어서이기도 하다. 1년 가운데 반이 낮이고 반이 밤인 북쪽 나라를 상상하지 않더라도 석양과 새벽이 꽤 가까워진다. 오후 7시 반이 넘어야 어두워지고 어두운 밤이 오전 3시 반이나 4시 가까이면 밝아진다. 그 풍경을 떠올리면 즐겁다. 아직 우리가 잠에서 깨지 못한 채 반쯤 꿈을 꾸는 동안 밖은 이미 환해지고 있다. 생각하면 흐뭇하다.

여름밤은 조릿대 마디 우거지니
그래그래 머지않아 밝아진단다

밤이 짧은 계절의 깊이와 덧없음을 여기에 다 쓸 수는 없다. 또 좋아하는 어슴푸레한 여름 달도 기다리니. 여름 달의 매력은 너무 빛나지 않는 데 있다.

이슬에 젖은 파초 잎사귀에서 서늘한 아침 물방울이 떨어지는 날이 찾아왔다. 이 물방울도 여름을 특별하게 만든다. 정말이지 입이 딱 벌어질 만큼 아름답다. 오랜 장마가 이어질 때는 종종 마당에 있는 파초 가까운 곳에 선다. 풋풋한 꿈이라도 가득 담았는지 돌돌 말린 잿빛 감도는 푸른 잎이 열려간다. 그 모습을 가만히 바라보며 적지 않은 시간을 흘려보낸다.

해차 향기

다야마 가타이田山花袋

1871년 도치기현 출생. 1890년 도쿄로 올라와 풍속소설의 일인자 오자키 고요 문하에서 단편 「참외밭」으로 문단에 데뷔했다. 1899년 출판사 박문관에 입사해 교정기자로 근무하며 1902년 모파상의 영향을 받은 「쥬에몬의 최후」를 써서 호평 받았다. 1906년 『문장세계』 편집 주임을 맡아 젊은 작가를 발굴하는 한편 1907년 스승과 여제자의 관계를 다룬 「이불」을 발표했다. 이어 『아내』, 『시골 선생』으로 자연주의 거장이란 칭호를 얻은 이후 1912년 회사를 그만두고 창작 활동에 전념하며 『온천 순례기』 등 기행문도 다수 남겼다. 1930년 5월 13일 쉰아홉 살에 생을 마감했다.

「해차 향기」는 1909년 11월 출간된 『잉크병』에 실린 글이다.

나무마다 달린 아름다운 새잎은 유난히 반갑다. 가장 먼저 싹이 나오는 것은 매화, 벗나무, 살구나무지만 늘푸른나무가 싹을 틔우는 모습도 슬며시 마음을 끈다. 해묵은 잎사귀가 시들어 떨어지자마자 곧장 새로운 잎사귀가 나온다는 사실이 어쩐지 쓸쓸하다. 동백나무, 산호수, 유자나무, 팔손이나무 모두 그렇다. 노송나무와 전나무는 해묵은 잎사귀 위에 새잎이 나온다.

대나무에 새순이 나올 무렵 대나무 잎은 색깔이 유독 보기 흉하다. 아름다운 새잎이 달리는 것은 새순이 이미 어린 대나무가 된 뒤다. 생식하는 동안 생물은 쇠약해짐을 이때 절실히 느낀다.

벗꽃이 활짝 피고 나면 흐린 하늘에 꽃잎을 흩뜨리는 바람이 분다. 그 뒤 늦봄 비가 내린다. 이 비는 대개 여름 바람을 데리고 온다. 어제의 꽃이 떨어져버리다니! 한탄이 절로 나오건만 왠지 생각을 그러모으는 깊은 멋이 있다. 유리창 밖은 비바람이 몰아치고 황매화는 쓸데없이 젖네, 라는 노래라도 부르고 싶다.

철쭉은 늦봄에 피는 꽃이라기보다 초여름에 피는 꽃이다. 빨간 꽃도 하얀 꽃도 다 좋다. 어느 절 뒤뜰에 커다란 흰철쭉이 있어 어두운 방이 밝게 느껴졌던 일이 기억난다.

내가 자란 마을은 옛 성터가 가까웠다. 불명문不明門이라는 곳이 있는데, 옛날에 늘 문이 닫힌 성문이 자리했던 탓에 그런 이름이 붙었다. 그즈음에는 이미 성문 따위는 없었고 돌담 틈으로 도마뱀이 몸을 햇빛에 반짝였다. 성 둘레에 둘러판 도랑둑에 담죽 수풀이 우거져 죽순이 많이 났다. 우리는 어머니한테 받은 봉지를 손에 들고 자주 담죽 수풀에 가서 죽순을 한가득 캐서 돌아오곤 했다. 어김없이 하늘은 짙은 푸른빛으로 물들었고 못에는 갈대 새싹이 바람에 흔들렸다. 강 건너 언덕에는 철쭉이 빨갛게 피어 있었다.

초여름 푸른색 하늘! 게다가 느티나무에 노란 도장이 찍힌 것처럼 새싹이 돋아나는 모습은 실로 느낌이 좋다. 왠지 모르게 마음이 들떠 무심코 시라도 읊조리고 싶어진다. 사물이 모두 빛나고 반짝이며 환하다.

무코지마의 기다란 둑은 꽃이 한창 필 때는 먼지와 바람과 인파 때문에 가볼 엄두가 안 나지만, 꽃이 지고 새잎이 진해져 찻집 담요가 유난히 붉게 보이면 왠지 하루쯤 시간 내서 느긋하게 걷고 싶은 마음이 생긴다.

산책하기에 요즘은 좋은 계절이다. 초여름 무사시노는 상수리나무며 졸참나무의 어린잎이 햇빛에 반짝이고, 나무 그늘에는 명자나무와 풀명자가 붉은 꽃을 언뜻언뜻 보여준다.

숲을 둘러싼 밭에는 벌써 다 자란 보리가 물결치며 군데군데 하얀 물마루까지 넘실댄다. 보리밭이 아닌 곳에는 누에콩과 푸르대콩이 자라고 우엉이 무성한 곳에는 가시가 돋아난 둥근 꽃이 맺힌다. 몰래 따서 앞서 걸어가는 친구에게 던져 맞히면 그 친구는 뒤돌아서 알아챈다. 한동안 서로 질세라 우엉꽃을 주거니 받거니 한다. 참 재미있는 놀이다.

길은 이윽고 어린나무가 가득한 숲으로 접어들어 구불구불 구부러진다. 뜻밖에도 숲가에는 하나둘 하나둘 구령에 맞춰 노래를 부르며 걸어 다니는 약장수가 예의 그 금빛 옷을 햇빛에 반짝이며 자못 지쳤는지 풀밭에 앉아 쉬고 있다. 모파상이 쓴 노르망디를 무대로 한 단편소설이 슬며시 떠오른다.

후추에서 백초원으로 가는 길도 즐겁다. 다마가와전철을 타고 후타코에 가서 어린 은어를 먹기도 하고 고노다이에 가서 도네강을 건너 동쪽 교외를 한가로이 산책하기도 한다.

단오절, 홍가시나무를 둘러 심은 울타리에 붉은 새싹이 돋아난 오솔길을 걷다 보면 잉어 모양 드리개가 펄럭펄럭 바람에 나부끼는 소리가 들린다. 그 소리에 비로소 초여름임을 실감한다. 비가 내리쏟아지는 가운데 금빛 구슬 달린 장대가 여러 빛깔이 도는 녹색을 뚫고 기다란 드리개를 늘어뜨린 채 쓸쓸히 우뚝 솟은 정경은 어쩐지 마음을 끈다.

해차 향기도 초여름을 깊게 느끼게 하는 것 중 하나다. 어린잎에 비가 내리는 날, 해차를 한 자밤 얻어 친구와 초여름을 만끽한다. 아내와 함께 뒤뜰에서 자라는 차나무 새싹을 따서 서둘러 화로를 준비해 온종일 걸려 탄내 나는 해차를 손수 만들어 마신 적도 있다. 해차를 마시면 시골 차밭에 삿갓 쓴 시골 처녀의 하얀 얼굴과 비에 젖어 무거운 찻잎을 힘들게 멍석에 쏟아내는 사내의 지친 얼굴, 화로에 붙어 앉아 종일 듣기 좋은 목소리로 노래를 부르는 차 볶는 사람의 모습이 절절히 떠오른다. 어머니는 그때 찻잎을 따러 갔다가 돌아오는 길에 담죽 새순을 많이 따왔더랬다.

마지막으로 단풍나무 잎은 빨간색보다 초록색일 때가 더 멋스럽다고 생각한다.

" 잉어 모양 드리개가

펄럭펄럭 바람에

나부끼는 소리가 들린다.

그 소리에 비로소

초여름임을 실감한다. "

다야마 가타이

박 키우기

스기타 히사죠杉田久女

1890년 가고시마현 출생. 고등학교를 졸업한 후 1909년 화가 스기타 우나이와 결혼해 가정을 꾸렸다. 집안일에 쫓기면서도 하이쿠를 짓기 시작, 습작을 거듭한 끝에 1917년 잡지 『두견새』에 첫 하이쿠를 발표했다. 이를 계기로 다카하마 교시에게 사사하며 남성 못지않은 화려함과 격조를 갖춘 하이쿠를 쓴다고 극찬받았다. 이후 남편과의 불화와 신장병에 시달리면서도 창작열을 불태우며 당시 자유롭지 않은 여성의 고단한 삶을 하이쿠로 승화시켰다. 1932년 여성 가인을 위한 잡지 『화려한 옷』을 창간했지만 5호로 종간됐다. 1946년 1월 21일 쉰여섯 살에 영양 결핍과 신장병 악화로 세상을 떠났다. 「박 키우기」는 1927년 8월 10일에 쓴 글이다.

올해는 박 키우는 재미에 빠져 매일 아침 일어나기가 무섭게 텃밭으로 나간다.

우선 대문 옆 미루나무 가지를 감고 올라가며 대롱대롱 매달린 큼지막한 호리병박이 하나. 중앙에 잘록이가 없는 게 아가리가 잘쏙한 도자기 술병처럼 통통한 녀석이다. 요전번에 다카하마 교시 선생님을 뵈러 벳푸까지 갔다가 땀에 젖은 허리띠를 풀자마자 보러 갔더니, 불과 이틀 사이에 몰라볼 정도로 훌쩍 새파랗게 살이 올라 있었다. 너부데데한데다 잘록한 구석이 없어 처음에는 과연 호리병박인지 아니면 월과인지 또 아니면 나가노 지방에서 '유후고'라 부르는 박고지 만드는 박인지, 정체를 둘러싸고 의견이 분분했다. 시간이 지나 보니 역시 그냥 덜떨어진 호리병박이었다.

호리병박은 실로 대범하고 무사태평한 느낌이다. 여름철 오후 소낙비가 빗발치듯 쏟아져도 솜털이 난 새파란 살갗을 따라 물방울이 똑똑 떨어질 뿐이다. 이윽고 소낙구름이 흩어지고 날이 개면 꽃자루에 기다랗고 새하얀 꽃을 시원스레 피워낸다.

커다란 녀석이 달린 덩굴 말고도 미루나무에 달라붙은 덩굴은 세 개 더 있는데, 지금 열매를 맺지 못하는 헛꽃만 피워서 아직 어떤 모양으로 호리병박이 열릴지 알 수 없다.

대체로 우리 집에서는 시렁을 다니 마니 옥신각신하는 사이 호리병박 덩굴이 나무며 울타리며 땅바닥을 타고 파릇파릇하게 뻗어나가 저절로 꽃을 피워댄다.

가끔 가지나 색비름에 맺힌 이슬을 건드리며 텃밭을 거닐다가 덩굴로 곱게 친친 휘감긴 키 낮은 울타리 앞에 멈춰 선다. 울타리 이곳저곳에 긴호리병박이 달려 있다. 목을 길게 빼고 무척 자유롭고 느긋한 얼굴로 한 덩굴에 네다섯 개나 모여 열렸다. 결국 덩굴이 무게를 견디지 못하고 축 처진 탓에 엉덩이를 땅바닥에 붙이고 앉은 녀석도 보인다. 금작화 나뭇가지에 매달린 30센티미터 남짓한 긴호리병박은 창문에서 보기에 딱 적당하게 크고 멋스럽게 공중에 떠 있다.

개중에는 울타리 너머 옆집 할아버지네 밭까지 침입한 덩굴도 있는데, 아래쪽이 굽은 긴호리병박 두 개가 고개를 쳐든 채 때구루루 땅 위를 굴러다녔다. 밭길쯤에서 덩굴이 멈춰버렸기에 길가에 엉덩이를 댄 푸른 긴호리병박은 푸른 풀을 깔고 앉아 이따금 비와 이슬을 흠뻑 맞으며 서글서글하게 통통해졌다. 다행히 아침저녁으로 수영하러 밭길을 오가는 이웃 아이들이 비틀어 따지 않았기에 요즘도 살이 더 오른 모습으로 건재함을 자랑한다.

그와 달리 울타리 쪽에 달린 긴호리병박은 밑에 볏짚도

없고 줄도 없어 땅에 닿은 엉덩이 끝자락이 살짝 까맣게 얼룩지기 시작했길래 이삼일 전 아침에 이슬 가득한 풀 사이로 허리를 굽혀 볏짚을 깔아주고 줄까지 매달아줬다. 그런데 오늘 아침 가서 보니 모처럼 아름답게 휘감겼던 푸른 덩굴이 무참히 헝클어져 있었다. 박은 누군가가 굵은 밧줄로 꼼짝달싹 못 하게 꽉 묶어 놓았다. 그리고 이웃 밭에서 자라는 호박 넝쿨이 몇 줄기나 기세 좋게 울타리 너머에서 이쪽으로 침입한 상태였다.

아침 햇살이 벌써 미루나무 사이사이로 내리비친다. 싸움터에서 쏜 화살처럼 햇발이 재빨리 빛나더니 해바라기 짙은 꽃술에 아침 안개가 반짝인다. 거리 위 하늘은 매연으로 뿌예지고 바다 위 기적 소리에 맞춰 공장 여기저기에서 호각 소리가 울려 퍼진다. 나는 사랑해 마지않는 조롱박이 열린 울타리로 걸음을 옮긴다. 그리고 습관처럼 허리를 굽혀 들여다본다.

덩굴마다 늘어뜨린 조롱박의 귀여움이란. 가운데가 잘록하고 포동포동 살이 오른 푸른 조롱박은 솜털이 부드럽게 나 있다. 조그마한 개미가 기어 다니거나 때론 땀을 흘린 것처럼 새벽녘에 내린 비가 남기고 간 작디작은 구슬이 모여 있기라도 하면 더욱더 애착이 간다. 아이들도 매일같이 살

펴보러 와서는 스물다섯 개가 됐다는 둥 나뭇잎 그늘 쪽에
도 세 개가 달렸다는 둥 열매 숫자를 세며 즐거워한다.

그 옆 나무에는 앙상한 덩굴 하나가 중간쯤 호리병박을
달고 기어오르는 참이다. 수많은 호리병박 가운데 가장 모
양새가 재미있고 고상하다. 게다가 뒤틀림이 적어 제일 마
음에 든다. 다만 거름이 부족한 탓인지 나무 그늘 탓인지 영
쑥쑥 자라지 않는다. 달랑 호리병박 하나뿐이다.

마지막으로 또 한 덩굴. 아이가 맡아서 키우는데 60센티
미터가 채 안 되는 귀여운 시렁에 요사이 눈썹만 한 작은 호
리병박이 두세 개 슬슬 달리기 시작했다.

올여름에는 조롱박 키우느라 여념이 없네
파릇파릇이 땅에 뻗은 덩굴과 새하얀 박꽃
여름 저녁날 솜털 송송히 돋은 기다란 박들

몇 년 전 하이쿠에 처음 손을 댔을 무렵, 이타비쓰 강가에
서 잠시 살던 집에서 큰호리병박을 키운 적이 있다. 아쉽게
도 처마에 달아매어 키우는 방법을 몰라서 그 멋지고 커다
란 호리병박을 썩히고 말았다.

달아맨 노끈 느슨해서 올바른 모양이 될까
사다리 놓고 호리병박 어깨끈 다시 묶노라

올해는 어떻게든 열매 하나라도 손에 넣어 진짜 호리병을
만들어보고 싶다.

매실 나는 계절

요시카와 에이지 吉川英治

1892년 가나가와현 출생. 1910년 열여덟 살에 도쿄로 올라와 홀로 문학을 공부하고 습작했다. 몇몇 잡지 현상 공모에 입선해 이름을 알렸고, 역사소설에 뛰어난 재능을 발휘해 1925년 『검난여난』, 1926년 『나루토비첩』으로 큰 인기를 얻었다. 1935년부터 4년간 아사히신문에 연재한 『미야모토 무사시』는 검객 미야모토 무사시의 치열한 삶을 다룬 대하소설로 신문소설 역사상 가장 많이 팔렸다. 이후 고전을 재해석한 『삼국지』, 『신수호전』 등을 연재하다가 마지막 신문소설 『사본태평기』가 끝날 무렵 폐암에 걸려 1962년 9월 7일 일흔 살에 세상을 떠났다.

「매실 나는 계절」은 1953년 12월 출간된 『그때그때 생각』에 실린 글이다.

매실 떨어지는 소리만큼, 뭐랄까 매몰찬 것도 없다. 낙숫물 소리 쪽이 더 재미있다. 매실은 장난꾸러기가 던진 공처럼 때때로 매화나무 어린잎 사이에서 똑 떨어져 사람의 허를 찌른다. 시골집에 있다 보면 자주 귀를 의심한다. 서재 장지문 밖이며 한밤중 덧문 밖에서 별안간 소리가 들려오니.

소금 한 줌도 구하기 어려웠던 시절에는 매실을 절이지 못하니 떨어질 때까지 그냥 내버려뒀다. 그러다 장마가 걷히고 해가 나와 햇빛을 받으면 땅에 떨어진 채 누렇게 익어 발효되는 바람에 쇠가죽파리며 벌이 취해 날아다녔다. 도시에서 오는 손님은 다들 아깝다며 길에 떨어진 매실을 밟지 않고 응접실로 들어왔다. 그러고는 음식 이야기를 나누다가 장미 잎인지 뭔지 수상쩍은 잎을 잘게 자른 것을 파이프에 넣고 담배 대신 피웠다.

『삼국지』에서 위나라 조조는 찌는 듯한 여름 더위에 마실 물조차 없어 목마름에 지쳐가는 군사들에게 "이 고개를 넘으면 매실 마을이 있다"라며 격려했다. 그 말에 매실 신맛을 떠올린 군사들은 입에 고인 침으로 갈증을 잊고 고개를 넘었다. 나는 매실이 열릴 때면 매실보다 더 파랗게 질린 백성의 배고픈 얼굴과 전쟁의 참혹함이 신맛과 함께 떠오른다.

전쟁이 끝나고 소금을 살 수 있자 집사람은 제일 먼저 소금을 구해 매실장아찌를 담갔다. 이듬해에는 흑설탕과 소주를 사서 매실주를 만들었다. 매실주는 물을 넣지 않는다. 나뭇가지 끝에 달린 매실을 따서 하나하나 행주로 공들여 닦은 다음 소주에 담근다. 나도 한나절 돕다가 손가락에서 피가 나왔다.

그해 겨울, 6대 오노에 기쿠고로가 내가 사는 오우메마치 마을 가설극장으로 하루 공연을 하러 찾아왔다. 보통은 있을 수 없는 일이다. 기쿠고로는 가설극장 심부름꾼을 통해 "이걸 넣어 차를 마시면 맛이 그만이야"라며 작은 그릇에 담긴 흑설탕을 굳이 보내왔다. 배우는 역시 식생활도 대단했다. 나는 집사람이 손수 담근 매실주를 대접할 요량으로 우리 집에서 하룻밤 묵고 가라고 권했지만, 그는 다음 날 또 공연하러 가야 한다면서 무대 분장도 제대로 지우지 못한 채 겨울밤 막차로 돌아갔다. "그 명배우를……" 하며 아내는 몹시 애석해했다.

매실 마을에 살며 해마다 매실주를 만들었다. 고미술을 사랑하는 멋스러운 친구는 매화꽃 필 때 찾아와 반쯤 핀 홍매와 백매를 따서 기름에 튀겨 먹는 방법을 알려줬다. 매화 튀김은 쌉쌀한 맛이다. 맛이 아니라 향을 먹는 셈이다. 또 매화꽃을 그대로 소금에 절인 이른바 매화절임은 벚꽃절임과 만드는 방법이 같고 따뜻한 물에 타면 청아한 맛이 일품이라고 들었는데, 아직 직접 만들어본 적은 없다.

꽃과 열매는 대개 한 해씩 걸러서 잘 맺힌다고 한다. 그러니 올해는 매실이 많이 열릴 테다. 하지만 이제 세상에 매실주는 흔하고 사람들은 매실장아찌를 반가워하지 않는다. 그렇다고 저절로 떨어질 때까지 내버려둬서 지상의 곤충이 취해 노래를 부르도록 하는 것도 평화의 신에게 버림받을 듯해 견딜 수 없다.

솔바람 소리

와쓰지 데쓰로 和辻哲郎

1889년 효고현 출생. 1909년 도쿄대 철학과에 입학, 다니자키 준이치로 등과 함께 '신사조' 동인으로 활동했다. 대학원에서 철학을 공부하며 정신적 자유와 사색을 중시하는 자신만의 사상을 완성했다. 이후 대학에서 강의하는 틈틈이 나라의 오래된 절을 순례하고 1919년 『고사순례』를 펴내 명성을 쌓았다. 1927년 독일 유학을 다녀온 뒤 교토대 교수를 거쳐 1934년 도쿄대 교수로 재직했다. 동서양을 아우르는 철학을 바탕으로 문학과 예술을 논한 글을 다수 발표했고, 1951년 『쇄국』으로 요미우리문학상을 수상했다. 1960년 12월 26일 일흔한 살에 세상을 떠났다.

「솔바람 소리」는 1953년에 쓴 글로 사후 1961년 5월 잡지 『마음』에 실렸다.

도쿄 교외에서 여름을 보내다 보면 가끔 솔바람 소리가 그리워진다. 주변에 소나무가 있긴 한데 모두 작은 정원수다. 솔숲 사이를 스쳐 부는 바람처럼 상쾌한 울림을 자아내는 우뚝 솟은 큰 나무는 없다. 대신 커다란 느티나무가 자란다. 전쟁 이후 꽤 많이 베어졌어도 아직 절반 정도 남아 바람이 살랑살랑 부는 날에는 높은 우듬지 쪽에서 독특한 울림을 만들어낸다.

하지만 솔바람 소리와는 사뭇 다르다. 어떻게 표현해야 할지 난감한데, 실제로 울림 자체가 영 딴판일 뿐만 아니라 들었을 때 가슴에 북받쳐 오르는 감정과 머릿속에 떠오르는 생각이 아예 다르다.

울림이 다른 이유는 소나무와 느티나무의 생김새를 비교해보면 알 수 있다.

우선 소리와 직접 관련 있는 부분은 이파리일 터. 소나무 잎은 초록색 바늘처럼 끝이 뾰족해 부드러운 갈잎나무 잎사귀에 들이밀면 푹 꽂힌다. 잎맥이 세로로 늘어서 있고 뒷면에 송진이 나오는 하얀 작은 점이 가느다란 흰 줄처럼 보인다. 억세고 질겨서 벌레도 갉아 먹지 않는 단단한 잎이다.

이에 비해 느티나무 잎은 커다란 덩치에 어울리지 않게 작고 부드럽다. 봄 새싹도 다른 갈잎나무보다 늦게 뿌연 녹색으로 돋아난다. 가을에는 다른 갈잎나무보다 빨리 누레진 잎사귀를 시원스레 떨어뜨린다. 이 대비는 늘푸른나무와 갈잎나무에서 끝나지 않고 강함과 약함이라는 극단적인 대조로 이어진다.

더욱 중요한 요소는 나뭇가지가 나오는 형태다. 소나무 가지는 줄기에서 옆으로 뻗어 나와 탄력 있게 상하좌우로 흔들린다. 반면 느티나무 가지는 줄기를 따라 위쪽으로 뻗어 가기에 나중에는 어느 것이 줄기이고 어느 것이 가지인지 헷갈릴 만큼 빗자루 모양으로 갈래갈래 퍼진다. 느티나무이니 역시 탄력은 좋아도 전후좌우로만 흔들릴 뿐 절대 상하로는 흔들리지 않는다.

솔바람 소리는 이러한 소나무 잎이 이러한 나뭇가지에 몇천 몇만 개나 달려 바람에 상하좌우로 움직이면서 난다. 느티나무 바람 소리는 이러한 잎사귀가 이러한 나뭇가지에 똑같이 몇천 몇만 개나 달려 바람에 그저 앞뒤로만 움직이면서 난다. 그러니 울림이 전혀 다른 게 당연하다.

솔바람 소리를 들으면 바둑알을 '탁탁' 내려놓는 소리가 떠오른다. 높직한 곳에 자리한 절의 방장인지 어딘지 주위에 높이 솟은 소나무가 자라고 그 우듬지 쪽에서 상쾌한 솔바람 소리가 들려온다. 바둑판을 사이에 두고 마주 앉은 사람은 절의 주지 스님과 산기슭 마을에 사는 지주 나리. 두 사람 다 아직 환갑을 맞이하기 전이다. 때는 한여름 오후 서너 시께. 둘은 아무 말도 하지 않는다. 그저 이따금 바둑판에 '탁탁' 돌 놓는 소리가 울려 퍼질 뿐이다.

나는 이 절이 어디에 있는지 모른다. 또 바둑 두는 주지 스님과 지주 나리가 누구인지도 알지 못한다. 다만 언제부턴가 솔바람 소리를 생각하면 이런 광경이 머리에 그려진다. 바둑알 소리가 어쩐지 세상일에 초연한 존재를 가리키는 것처럼 느껴진다. 솔바람 소리는 그 초연한 존재를 불러오는 반주인 셈이다.

어릴 적에는 주지 스님과 지주 나리가 농촌의 지식계급을 대표했다. 그 후 반세기가 지났으니 이제 한 사람도 남아 있지 않으리라. 설령 살아남은 자가 있더라도 그들의 생활 방식은 더 이상 허락되지 않는다. 하지만 그런 존재는 있으면 좋다고 생각한다. 이른바 그리스인이 스콜레(여가)를 즐기던 한 가지 방법일 테니.

얼음 가게 깃발

이시카와 다쿠보쿠 石川啄木

1886년 이와테현 출생. 1902년 중학교를 중퇴하고 도쿄로 올라와 잡지 『명성』에 투고하는 한편 동인 '신시사'에 참여했다. 1905년 열아홉 살에 첫 시집 『동경』으로 문단에 데뷔했지만, 생계를 위해 고향으로 내려가 교사로 일하기도 했다. 1908년 『명성』이 폐간되자 이듬해 기타하라 하쿠슈, 히라이데슈 등과 함께 낭만주의 문예지 『묘성』을 창간했다. 1910년 솔직한 감성을 자유롭게 읊은 가집 『한 줌의 모래』를 펴내며 호평받았다. 지금도 일본 국어 교과서에 실릴 정도. 1912년 4월 13일 스물여섯 살에 폐결핵으로 생을 마감했다. 사후 죽음을 앞둔 심정을 노래한 가집 『슬픈 완구』가 출간됐다.

「얼음 가게 깃발」은 1909년 8월 31일 마이니치신문에 실린 글이다.

친한 사람 얼굴이 이따금 가만히 쳐다보는 사이 한순간 닮은 듯 닮지 않은, 얼굴을 이루는 선과 선이 뿔뿔이 흩어져 균형을 잃어버린 추악한 형태로 보일 때가 있다. 마찬가지로 주변 모든 관계가 가끔 아무런 맥락조차 없는 그저 한심스럽고 꺼림칙하게 느껴지기도 한다. 그런 불쾌한 기분이 밀려들 때마다 이유도 알 길 없는 분노, 어떻게도 할 수 없는 분노를 느낀다.

웃통을 벗어젖힌 채 드러누워 있는데, 활짝 열어 놓은 2층 창문에서 맞은편 얼음 가게 깃발과 메마른 기와지붕과 새하얀 목화솜을 겹겹이 쌓아 올린 여름 구름이 보였다. 깃발은 바람 한 점 없이 찌는 한낮 더위에 죽어버린 양 고개를 떨구고 조금도 나풀거리지 않는다. 빨간 가장자리만이 손이 닿으면 데일 만큼 불타고 있다.

나도 손과 다리를 아무렇게나 뻗고 미동조차 하지 않았다. 마치 얼음 가게에 걸린 그 깃발이 '뭔가 해야지, 해야지'라고 초조해하면서도 아무것도 하지 않는 내 정신 상태 같았다. 나의 분노는 옆방에서 펄렁펄렁 부채 부치는 기척에도 끊임없이 펄럭였다. 가슴에 송송 솟은 땀이 갈비뼈를 타고 조르륵조르륵 등 쪽으로 흘러 떨어졌다.

문득 아름다운 벌레 소리가 들려왔다. 잿날 축제 때 파는 벌레장에 담겨 얼음 가게에서 울고 있었다. 옛날에 자신이 만든 노래를 우연히 여행지에서 듣는 기분이었다. 솔직히 말해 반가웠다. 소꿉친구와의 낭만 가득한 추억. 아름다운 벌레 소리는 계속 들려왔다.

그것도 잠시 여름도 이제 반이 지났다고 생각하니 땀에 젖은 피부가 왠지 오싹하다. 도대체 나는 뭘 할 수 있을까, 생각하면서 다시 죽은 듯한 얼음 가게 깃발을 바라본다.

" 가슴에 송송 솟은 땀이

갈비뼈를 타고

조르륵조르륵 등 쪽으로

흘러 떨어졌다. "

이시카와 다쿠보쿠

교토의 여름 풍경

우에무라 쇼엔 上村松園

1875년 교토부 출생. 교토 토박이 집안에서 태어나 1887년 교토예술대에 입학, 일본화를 전공했다. 1890년 내국권업박람회에 그림 「사계미인도」를 출품해 일등을 수상하며 이름을 알렸다. 이후 「인생의 꽃」, 「불꽃」 등 교토 전통문화를 바탕으로 밝은 색채로 청초한 고전미를 살린 여인도를 그리며 독자적인 예술 세계를 구축했다. 한편 잡지나 신문에 예술론뿐만 아니라 여성으로서의 삶을 소소한 언어로 표현한 글을 발표하며 문필가로서도 인정받았다. 1948년 여성 최초로 문화훈장을 받으며 일본 화단을 대표하는 작가로 자리매김했다. 1949년 8월 27일 일흔네 살에 세상을 떠났다.

「교토의 여름 풍경」은 1939년 8월 잡지 『탑영』에 실린 글이다.

교토의 거리도 '오래된 도시'라는 명성은 이미 허울뿐이다. 어릴 적과 지금은 마치 다른 지역처럼 느껴질 만큼 몰라보게 달라졌다. 억지가 아닌 것이 전차가 지나가고 자동차가 달려가고 여기저기에 하얀 빌딩이 우뚝 솟아 있다. 이제 옛날에는, 이라고 해봤자 어쩔 수 없는 흔한 일이다.

가모강에 걸린 다리도 거의 대부분 근대식으로 바뀌었다. 오직 산조대교만이 옛날 그대로 남아 있을 뿐이다. 양 끝에 세운 기둥머리에 파꽃 모양 장식이 달린 산조대교와 딱딱하고 거친 콘크리트로 된 시조대교를 비교해보면 시대의 흐름이란 얼마나 무서운 힘인지 누구나 다 인정하리라.

산조대교 같은 옛 풍경이 그립기는 해도 나는 '옛날은 옛날, 지금은 지금'이라고 생각한다. 내가 대여섯 살게 즐겨 했던 머리채를 정수리까지 묶어 올린 여자애는 지금 어디를 가도 볼 수 없다. 요즘 여자아이는 죄다 단발머리에 무릎 위까지 오는 치마를 입고 있다. 꽤 귀엽고 씩씩하며 아름답다. 그런 여자애들을 보고 있으면 내가 머리를 뒤로 질끈 동여맸던 시절은 언제 적 이야기더라, 의문이 들 정도다.

하지만 그리움은 그리움이고, 옛날의 좋음은 지금도 좋다. 선명한 한 폭의 그림처럼 수십 년 전 교토 거리 풍경을 마음속에서 그려가며 혼자 즐길 때가 없지 않다.

열일고여덟 살 무렵, 선선한 저녁 바람을 쐬러 시조대교에 갔더니 다리 아래 얕은 여울 한쪽에 걸상이 늘어서 있었다. 작은 육각 등롱이 켜져 불빛이 고요한 강물에 비쳤다. 참으로 아름다운 정경이었다. 많은 사람이 걸상에 걸터앉아 부채질하며 차를 홀짝거리거나 과자를 집어 먹거나 술잔을 주거니 받거니 했다. 다릿목에 후지야라는 큰 요릿집이 있어 가게 아저씨들이 강가 모래밭에 놓인 널다리를 건너 손님이 주문한 요리를 번갈아 왔다 갔다 하며 날라다주었다.

다리 위에서 그 모습을 내려다보는 사람은 나뿐만이 아니었다. 시원한 강바람, 강물 속 걸상, 하늘하늘 잔물결 치는 육각 등롱 불빛, 바람 쐬러 나온 사람들과 일하는 아저씨들로 북적이면서도 시원한 그리고 한가로운 여름 풍경이었다.

정말 옛날 옛적의 추억담이다. 지금 시조대교에 나가본들 그렇게 다리 밑에서 사람들이 짧은 여름밤을 즐겼을 줄은 꿈에도 생각지 못한다. 다만 시조대교 강변 저녁 경치는 대표적인 교토 여름 풍물이기에 제법 많이 그림으로 남겨져 있다.

비슷한 이야기로 해 질 녘 의자에 앉은 여인이 강여울에 발을 담그고 더위를 식히는 모습도 아름답기 그지없다. 이목구비가 반듯하고 날씬한 젊은 여자가 아니더라도 그런 시각, 그런 곳에서 마주하는 여인은 싱그럽고 아리땁게 눈에 비치는 법이다.

여름에 반가운 것 가운데 하나가 소나기인데, 억수같이 내리는 비가 거리 열기를 싹 씻어낸다. 그 뒤 교토공원 연못 물이 넘칠 때면 우리 집 앞은 강물처럼 물이 흐르고 근처 길모퉁이에는 연못에서 기르던 커다란 잉어가 떠내려와 춤을 춘다. 동네 아이들은 꺅꺅 소리치며 신나서 떠들고 다닌다.

뭐니 뭐니 해도 음력 7월 보름 백중날이면 거리 전체가 활기를 띠고 떠들썩해진다. 마치 축제가 열리는 것 같다. 내가 어렸을 땐 여자애들은 저마다 붉은 초롱을 사서 집안 문장을 그려 넣고는 백중날 저물녘 목욕을 깨끗이 한 뒤 한데 모여 손에 손에 든 초롱을 견주어보곤 했다. 그러다 다 모였다 싶으면 나이 많은 여자애가 줄을 세웠다.

사노야의 빨강올벚나무
백중날에는 어디든 바쁘구나
동쪽 찻집 출입구에
잠깐 들르세요, 들어오세요

이런 귀여운 노래를 부르며 두 줄로 두 명씩 쭉 늘어선 다음 작은 아이들을 앞세우고 이 동네 저 동네를 누비고 다녔다. 어린 여자아이에게는 무척이나 기대되는 행진이었다.

머리채를 정수리까지 묶어 올리거나 양 갈래로 땋은 뒤 하나로 묶는 게 보통이었지만 「아와의 쥬로베」에 나오는 쥬로베의 아내 오유미의 머리처럼 뒤로 묶어 불룩하게 말아 올린 아이도 있었다. 그리고 머리에 은으로 만든 억새 모양 비녀라든지 작은 유리병 속에 물이 담긴 시원한 장식을 꽂고 거리 곳곳을 빙빙 빙빙 천천히 행진했다. 어쨌든 메이지 시대가 막 시작한 무렵이라 자동차니 버스니 하는 복잡하고 까다로운 것도 지나다니지 않았기에 길 한복판을 길게 줄지어 노래하며 쭉 걸어갔다.

남자아이는 남자아이대로 여자아이보다 조금 큰 하얀 초롱에 똑같이 집안 문장을 그려 넣고는 손에 손에 들고,

자, 빨랑빨랑 가보세
자 빨랑빨랑, 자 빨랑빨랑
에도에서 교토까지는 고되구나

그런 씩씩한 노래를 부르며 남자아이끼리 온 동네를 행진했다. 옛날에는 길이란 길은 모두 아이의 운동장이었지만,

요즘 아이들은 이제 섣불리 밖에서 놀지 못한다. 큰길에서 들어간 골목에도 자전거니 자동차니 뭐가 많이 다닌다. 이 점만은 옛날 아이들이 더 행복했다고 볼 수 있다.

한때는 여름이 좋았다. 활기차고 명랑해서. 하지만 지금은 너무 더우면 몸이 버거운지 힘들다. 뭐니 뭐니 해도 정신이 또렷해지는 때는 10월께. 마침 금목서가 꽃향기를 풍길 즈음으로 가장 머리도 상쾌하고 몸도 가볍다.

여름

나카하라 쥬야中原中也

1907년 야마구치현 출생. 어린 시절부터 시인을 꿈꾸며 1926년 니혼대 문학과에 입학하지만 수업에 들어가지 않아 퇴학당했다. 이후 프랑스어를 배워 베를렌, 랭보의 시를 번역하는 한편 프랑스 상징주의와 다다이즘에 영향받은 독특한 문체로 「아침의 노래」, 「임종」을 발표하며 호평받았다. 1932년 첫 시집 『염소의 노래』를 펴내지만 상업적 성공은 거두지 못했다. 다행히 1934년 재출간되면서 재평가받았다. 실험적인 시를 꾸준히 선보이며 명성을 쌓아가던 중 아들이 사망하자 충격으로 신경쇠약에 걸려 요양하다가 1937년 10월 22일 서른 살에 결핵 뇌막염으로 세상을 떠났다.
「여름」은 1935년 8월 잡지 『시인시대』에 실린 글이다.

가난한 탓에 여행이라고 해봤자 여름에만 가봤다. 그래서 여름 하면 여행하고픈 마음이 샘솟는다. 물론 '사계절 가운데 자연이 가장 활기찰 때가 여름'이라서는 아니다. 어쩐지 애틋하고 그립다고 할까. 올여름에는 어떻게 할까 싶으면 문득 예전에 여행 갔던 어딘가의 무더운 풍경이 떠오른다. 멀리까지 갔었구나, 하며 가슴이 부풀어 오른다.

버드나무가 한들한들 나부끼는 여름 교정을 이따금 지나다니는 사람은 잔일 하는 아저씨가 대부분으로 학생은 거의 없다. 검도장 입구에서 간혹 검도복 차림으로 물을 마시러 나오는 학생이 있으면, 선수라서 여름방학에도 고향 집에 내려가지 않고 검도 연습을 하기 때문이다. 검도복 앞가슴을 풀어 헤치고 신발을 아무렇게나 신고는 물을 마시러 가다가 별 볼 일 없는 내 얼굴을 보자 붙임성 좋고 씩씩한 체한다. 교정은 붉은 기가 많이 도는 모래색으로 닫힌 교실 유리 창문이 저마다 돌비늘처럼 아름답게 반짝인다.

예전에 여행하는 길에 들렀던 효고현 미카게사범학교에 대한 기억이다. 중학교 때 도덕 선생님이 지금은 그 학교에서 윤리를 가르치고 계신다. 사택에서 사시는 선생님은 아직 아이가 없어서인지 여름이면 시원한 면 원피스를 입고 책을 읽거나 낮잠을 즐긴다. 그사이 부인은 따분해 보인다.

그러다 저녁이면 선생은 맨발로 집 주변이나 마당에 물을 뿌리고, 부인은 바지런히 저녁 밥상을 차린다. 나는 선생의 일을 돕는다. 우물에서 두레박으로 물을 긷는다. 차게 하려고 우물물에 담가둔 수박을 건드리지 않도록 두레박을 조심스레 내려야 한다. 수박을 잠깐만 꺼내면 좋으련만 오늘뿐만 아니라 언제나 수박을 담가 놓은 채 물을 길어 올리는 게 선생의 평소 일과인지 조금도 규칙을 바꾸려 하지 않는다.

이런 재미도 없는 글을 쓰다니, 죄송! 여름이 온다고 생각하면 마음속에 떠오르는 느낌을 적고 싶었다. 문제는 그 느낌이라는 게 대체로 뭔가 이야기가 되는 종류가 아니다. 금세 바뀌는 정류장 플랫폼에서 본 한순간 풍경이 오래도록 인상에 남는 식이다. 그저 그까짓 일이라도 머릿속에 떠오를 때마다 슬픔을 넘어 절망에 빠진다. 이런 심정을 그려내기에 내 글 솜씨는 너무나 서투르다. 결국 절망적 슬픔이 있다면 어떤 형태로든, 이를테면 노래라도 되어 나오겠지 하는 덧없는 소망을 품은 채 끝나고 만다.

올해도 여행을 떠날 텐데. 아마 미야자키현 휴가시로 갈 것 같다. 가인 와카야마 보쿠스이가 태어난 곳 바로 옆 마을에 친구가 사는데 놀러 오라고 했다. 가면 또 술을 마시겠지. 술은 유독 여름에 나를 몹시 무기력하게 만들기에 되도록 멀리하지만, 밤에 달이 산마루에 얼굴을 내밀면 어찌할 도리가 없다. 이미 술잔을 들고 들이켜고 있다.

가는 도중 부젠나가스역에 내려볼까. 소년 시절 잠시 살던 사이코지에서 나카쓰 마을까지 흙먼지 풀풀 이는 둑길을 따라 걸어가면 오른쪽은 염전으로 소금 굽는 연기가 모락모락 피어오른다. 그편으로 나지막한 산이 죽 이어진다. 왼쪽은 구니사키반도다. 사이코지와 나카쓰 마을 중간쯤 옛날에 부젠국과 분고국*을 나누던 경계선인 돌무덤이 있다.

여름철 한낮에는 사람 하나 지나가지 않는 길이니 홀로 연신 땀을 닦으며 걸어가겠지. 그사이 도쿄 친구, 그러니까 현재 친구가 갑자기 그리워질지도. 한편으론 이대로 순순히 도쿄로 돌아가서야 쓰겠나. 그래, 나카쓰 마을에 다다르면 어디 주점에라도 들러 여주인과 오늘 한나절 일을 정답게 이야기하며 시간을 보내자. 그런 시간이야말로 인간의 오랜 소원이지 않은가. 그런 생각을 품고 다시 흙먼지 풀풀 날리는 그 길을, 내리쬐는 뙤약볕 아래 나는 걸어가리라.

여하튼 부젠나가스역에서 내릴 작정이다. 옛날에 살던 곳을 일부러 찾아가 되돌아보는 일은 대체로 기분이 썩 좋지

---

* 부젠국과 분고국은 옛 지명으로 부젠국은 후쿠오카현과 오이타현 북부, 분고국 나머지 오이타현을 가리킨다.

만은 않다. 그렇다고 안 보고 여행을 마치자니 섭섭하다. 사실 볼일이 생겨 꼭 가야 할 때 가는 게 제일인데, 평생 부젠나가스나 그 일대에 볼일이 있을 것 같지 않다.

왠지 부젠나가스 주변에는 추억이 깊다. 어쨌든 올여름 들러봐야지. 지금 이렇게 글을 쓰고 있으니 원래 목적지는 까맣게 잊어버릴 만큼 부젠나가스에 내려 걷고 싶다. 막상 내리면 흙먼지 자욱한 길에 난감하기만 할지도 모르지만. 무심히 그리워하는 마음으로 살아가야 진한 그리움이 생기는 법. 옛날 살던 곳을 한번 볼까 하며 기차에서 엉거주춤 내리는 행동은 꽤 어리석어 보이지만 나는 내리고 말리…….

이렇게 매년 내 여름이 지나간다. 짙푸른 하늘에 새하얀 구름이 반짝반짝 빛나고 내게는 생각만이 한가득이다. 이제, 뭐가 뭔지 모르겠다.

" 가난한 탓에

여행이라고 해봤자

여름에만 가봤다.

그래서 여름 하면

여행하고픈 마음이 샘솟는다. "

나카하라 쥬야

작가의 계절

초판 1쇄　　2021년 9월 13일
초판 2쇄　　2021년 11월 1일

지은이　　다케히사 유메지, 다자이 오사무, 아쿠타가와 류노스케, 하시모토 다카코,
　　　　　　도요시마 요시오, 오다 사쿠노스케, 오카모토 가노코, 하기와라 사쿠타로,
　　　　　　하야시 후미코, 데라다 도라히코, 와카야마 보쿠스이, 요사노 아키코,
　　　　　　기무라 요시코, 무라야마 가즈코, 야마모토 슈고로, 나쓰메 소세키,
　　　　　　미야모토 유리코, 구보타 우쓰보, 모리 오가이, 나가이 가후,
　　　　　　시마자키 도손, 가타야마 히로코, 미요시 다쓰지, 가네코 미스즈,
　　　　　　스스키다 규킨, 오가와 미메이, 하세가와 시구레, 다카무라 고타로,
　　　　　　호리 다쓰오, 미야자와 겐지, 기타하라 하쿠슈, 마사오카 시키,
　　　　　　다야마 가타이, 스기타 히사죠, 요시카와 에이지, 와쓰지 데쓰로,
　　　　　　이시카와 다쿠보쿠, 우에무라 쇼엔, 나카하라 쥬야
엮고 옮긴이　　안은미
펴낸이　　이정화
펴낸곳　　정은문고
등록번호　　제2009-00047호 2005년 12월 27일
주소　　서울시 마포구 동교로13길 60 503호
전화　　02-3444-0223
팩스　　0303-3448-0224
이메일　　jungeunbooks@naver.com
페이스북　　facebook.com/jungeunbooks
블로그　　blog.naver.com/jungeunbooks

ISBN 979-11-85153-43-8 03830